生態演替

阮文略

U0942486

目錄

第一輯 裸地

第二輯 遷徙

第三輯 定居

第四輯 競爭

第五輯 

第六輯 

End
終止

H

序詩

我們不是第一代
也沒法成為最後一代
意識到這樣
尤其讓我感到悲傷

序一

阮文略的詩，尤其那些長的、瑣瑣碎碎、東拉西扯、你好像不知道他在講甚麼、但突然來一句，你就被它打倒了！立刻就感懷身世、或潸然下淚。我還未弄清楚他是怎樣做到的！！

讀詩是、如果有一刻我的感覺，與詩的感覺掛鈎，或通過讀一首詩，與世界的感覺掛鈎，那就足夠好、足夠值得了！比如讀《生態演替》詩集裏的一首詩〈夜〉，就立刻把我拉進以巴戰爭的無奈與悲哀了。

許鞍華
電影導演

序二

超級穩定的高潮（climax），進入最大亂度（chaotic），物種多樣性高但互相制衡，形成複雜的系統（Complex）；但隨着氣候變化，或者引入外來入侵品種，穩定狀態係會改變的。所以「天行健 君子以自強不息」。

所以亂才是正常，要維持穩定是需要投放很大的能量和資源，不能持久，這是熱動力學的第二定律。

陳竟明

生物化學學者

序三

《生態演替》，寫的是自己的命運，香港的命運，人類的命運。每一首詩，就是一面自我鑑照的鏡子。整冊詩集紀錄着流浪與漂泊，記憶與遺忘。一個人被迫流浪與流淚時，無疑是承擔了許多不可明說的悲傷。在詩行之間，也讓我想起自己是黑名單的歲月。這冊詩集一方面嘗試尋找自己的生命定位，一方面也在確認故鄉的方位。詩中的感嘆、孤獨與寂寞，讓讀者也陷入無窮無盡的悲傷。

這部詩集是一種自我救贖，即使在地球的任何一個城市，都一直定定地望着最初的故鄉方位。阮文略詩中的每一個迴轉，最後都回到生命的最初。謝謝詩人邀我寫出一些感想，讓我已經遺忘飄泊的滋味之際，又在我的晚境再次燃起。謝謝詩人溫暖的詩句，再次讓我勇敢面對曾經是黯淡的歲月。詩人經過的每座城市，都意味着深情的回望。

漂泊的滋味是甚麼？〈大久保〉那首詩，充滿了自嘲與反諷：

> 在大久保的尼泊爾餐廳點菜
> 想點一杯咖啡，應該說
> ice coffee，還是aisu kohi

簡簡單單的一行詩，充滿了異國風情。如果在華文世界，只要說冰咖啡即可。在日本則要說外語的日譯，內心距離似乎又拉得更遠了。那種疏離感更加強烈，更加陌生。使既有的飄泊感覺，又更深了一層。為這冊詩集撰寫讀後感時，不免勾起我自己的黑名單歲月。我在海外流亡十八年。回到台灣時，已經是中年人了。真正踏上台灣的土地之際，竟然浮現陌生的強烈感覺。時間與空間的距離竟然如此拉開。讀這冊詩集之際，許多荒涼感有再度浮現。

細細閱讀〈天王寺動物園的美洲豹之死〉，一股莫名的感傷洶湧襲來。人類自稱是萬物之靈，終於創造了所謂的動物園，囚禁無數外來的陌生禽鳥野獸。凡屬生靈，都具有追求自由的天性。人類設計了監獄，對於罪犯處以各種囚禁的方式。鳥類獸類的生命終於也像罪犯那樣，必須囚之以牢籠、欄杆的封閉空間。詩人的詩句，全然沒有任何激烈的語言，而只是以文字呈現所見所視。閱讀之際，一股憤懣油然而生。詩人的天地之心，全然展現於讀者眼前。沒有誰比誰還高尚，沒有誰比誰還更優越。

〈天王寺動物園美洲豹之死〉，更可以窺見詩人的博大同情。人類是萬物之靈，卻永遠懷有無可取代的優越感。這部詩集似乎不是旅遊的紀錄，而是以透視之眼關照人類萬物。其中涉及的議題不止於旅遊而已，詩人使用的語言，乾淨而透明。觸及的議題，卻涉及人類的自私、佔有、爭奪。詩人的文字速度與想像，讓讀者不禁興起朗讀的念頭。詩人的語法，可以歌、可以朗讀，更適合表演。詩的文字完全不拖泥帶水，而且可以察覺語法的乾淨利落。這部詩集帶着我們去旅行，也讓我們探測自己的幽微內心。

陳芳明
文學教授

序四

比起「做詩」，時至今日阮文略更多是「行詩」。走到哪寫到哪，想到哪寫到哪，這讓詩人脫離了概念窠臼，每一首都新鮮，每一首都意外，每一首都是此時此地不可置換的紀錄。

世界在倒退，詩人只要站直了，就是前進了。

鴻鴻
詩人

序五

看着阮文略這本新詩集的詩，就想起早期神學家保羅寫的：

「因為我們不是顧念看得見的，而是顧念看不見的；原來看得見的是暫時的，看不見的才是永遠的。」

1.

保羅寫的，是人與上帝的連繫，是談一個更廣闊、更深的真相，更貼近真相的道。這與柏拉圖等希臘哲學家談的二元論不一樣。

看着文略的詩，就有這樣的感覺。他在地土上的行程，不論是法國巴黎、日本不同的城市，當然還有本鄉香港，看到和感受的人與事，縱使是最渺小的人物和最幽微之事，他都記起來，在挖掘、雕塑一個一個的狀態，嘗試貼近、趨向那個可能的真相。

還有，經媒體和渠道看到發生在歐洲、烏克蘭、以色列、巴勒斯坦、亞洲各地的大小事情，也是同樣挖掘下去。人本與他者世界連繫並存。

這是詩人眼望他者、眼觀世界和人生作辨識的執著。辨識，讓詩與文字像顯微鏡、望遠鏡，看清楚。辨識，讓思考像手術刀，了解到那個真實狀況是怎樣一回事，有甚麼可跟進下去，我們才可以體察怎樣與這個真實共存：適應，還是改變，還是閃躲。

文略的詩對各地表發生的事、各生態的演替怎影響着人，走近顧念，就是抱持無窮盡的執著。彷彿明知個人改變不到，文字改變不到，詩改變不到，但仍堅持看過究竟，因為「我們不是顧念看得見的，而是顧念看不見的；原來看得見的是暫時的，看不見的才是永遠的。」

對生命哀慟，盼望追求真相和當中的永恆，雖然是文人的久遠情意，在後現代科技反永恆世界卻是越見稀少。

2.

追逐對月亮的清晰，看清生靈，是必須以個體的身心靈放上生命的祭壇，是費索思量與感情傾注的苦祭壇。對感受多、書寫密集的文略，這祭壇只會更重。

神學家保羅在各地跑動，寫書信與各城信仰者聯絡，為了「顧念」，為了「看見」，也是以自身作為工具，獻上自己全人。

讀着文略的詩，感受到詩人的勇敢投入，如信仰者，這是人世與生命的信仰者，不願放棄，就以身碰觸，落草求索。這是身體的努力，也是腦袋心理心臟的意志，不願放過任何一次掌握接觸人世善惡的機會，就是要摸下去，就是不怕要搞動內心喜樂或苦澀的根。

要執著，就先要對人內裏的探究執著，細緻體味自己的情緒變化，抓着自己的情欲流動和謹守力度。文略的詩很多時坦然描述自己的感受看法，不單將自身與一物一地一人拉近，也是將自身放在顯微鏡放大鏡下，看自己的限制、愚魯、衝突與無力，這需要勇氣，也是坦然接受人自身的透明、可穿透的質地，擁抱世界前就先撤下裝甲。

認識自己，是希臘神殿的刻度金句，成了西方文明的核心。文略在探索外在世界時沒有忘掉基本步，同步藉詩的敘述去拷問、了解自己。

詩人是哲學思考者，也是心理分析師，思前想後，在躊躇中前行，緩慢貼近他者，步履蹣跚很正常。但面對轉折，文略就是願意，願意跳進這人世去體會。落田耕作，落草求道，就是以手撫摸草花，踏在田野泥土，以身融入。

3.

文略的腳印眾多，對美好與善良的追求，呼喚人文關懷與慈悲，明顯可見。是老派人。

讀着〈夜〉、〈歸忘鄉〉、〈最後一課〉、〈長途〉等詩，感受到時間伸展、空間延綿，廣闊的維度在變化，柔軟起來。沒有比溫柔更重要的課，沒有比共生共存更重要的習作。

詩人與唸詩者一同碰觸他自己，和這世間的生靈。受苦的，滿足的，行進不願停下來的，都相連起來。

我們互相手握着手，連繫着，也變得更明白。因為懂得，所以慈悲。

歐贊年
文化評論人

作者序

「生態演替是一個重要的生態學概念，指的是生物群落隨着時間的推移而發生變化的過程。這一過程通常由環境因素和生物相互作用驅動，最終導致一個穩定的生態系統的形成。

這一過程通常分為兩種類型：初級演替和次級演替。初級演替發生在全新環境中，如冰川後退形成的新土地；而次級演替則發生在已有的生態系統中，如森林火災後的恢復。

演替過程中的階段：

1. 先鋒物種：在初期階段，通常是一些耐逆境的物種（如苔蘚、地衣）首先定殖，為其他物種創造條件。
2. 中期物種：隨着環境條件改善，其他植物（如灌木）和動物開始進入，生物多樣性增加。
3. 頂極群落：最終形成一個穩定且多樣化的生態系統，如成熟森林，並且保持動態平衡。

這一過程不僅是生物之間競爭與合作的結果，也是環境變化對生命影響的重要體現。

詩歌作為人類表達情感和思想的重要形式，常常反映自然界的變遷以及人類與自然之間的複雜關係。」

謝人工智能為我的序言獻字。它確實為「生態演替」這個生態學詞彙做了一個不錯的簡介，然而，我寫的不是生態詩。我不是說不關心「人類與自然之間的複雜關

係」，不過寫詩這二十五年來我有特別關注的命題，這命題隨着時代變遷在演替，而內核不變。這部詩集可以視為一個截面，截取的主要是2023年至2024年這個大概會被未來標籤為「後疫情」的時間段。我寧願是這個標籤，而不是大事前夕。

這兩年確實經歷了足以撼動人生的巨大波折，但是表面生活如常，我盡最大所能不讓其崩潰，因為仍然有太多事情想做，而且必須去完成。是的，「又沒有人叫你如此努力」，到底是為了甚麼呢，我不知道。有人說是既然活着，大概是吧，有沒有其他理由，敢情是有的。我將經歷的這一切美好到錐心從書名（呼應前作《物種形成》，沒有另一個名字比這更好了）、封面（實在唯美得令我心折，而且這封面承載了極其重大的意義，我是特意請畫師以暗綠為基調色去繪畫的），貫徹到裏面的每一個角落。你是懂的就不必問，你若不懂，這於你並不重要。

所以這演替的過程既指我的個人經驗和創作本身，亦是個人對時代的反照。若擴展及我所感受得到的人間，種種情欲、痛苦與哀傷，對，那我所寫的的確就是「生態詩」。「生態演替」是一趟必經之旅，但是它的必要條件是擁有感受力的、有情生命的存在。這應該是最起碼的共識，也是所有科學與詩意的核心。

第一輯

裸地

銀河

我仍耿耿在懷於
錯過了銀河鐵道之夜的話劇
卻在京都書店發現宮澤賢治的詩集
可惜不懂日本語而只好放棄

今日去了京都鐵道博物館
看到夢寐以求的0系子彈火車
以及種種鐵道相關的展品
忽然又像是離我錯過的話劇近了些
離我錯過了的盛世與詩歌近了些
甚至離銀河系的星宿
離我們夢裏的荒野亦近了些

告訴我，這幾年我們到底還錯失了甚麼
可會有一個叫做香港博物館的地方
讓我們想像自己
亦離那個時代近了些
離那些曾經有夢的明天亦近了些

3
4

在東京的第一夜

凌晨抵達品川，山手線
竟仍人頭湧湧。我終於搞懂
外回和內回的意思
若城市像鐘面，列車行走
無論順逆，時間亦永遠向前
串連一個個忙亂與頭痛的日子
只要全座城市的人都迷失
那就等於沒有人迷失，所以
等於盛世花火燦爛，而你
其實並不需要看見。

JR東海
品川
しながわ
Shinagawa
とうきょう
Tōkyō
山区
しんよこはま
Shin-yokohama

在東京的第二夜

鑽進地下的除了我們的詩，還有音樂
那是日本音樂人從線上找來香港傳統音樂
剪接換序，編奏出新的可能

我們除了聽罷鼓掌、禮貌地展露笑容
還可以怎樣？人類在被創造之初
「表達謝意」的設計可能比其他的
都更簡陋粗糙，以致我們
只能向每一位讀詩的、翻譯的、在場的人
點頭、擊掌、微笑
然後大家似乎已經了然於心。

一位日本詩人以戲劇的方式朗誦他的詩
對着詩的手抄本咆哮
在旁的東京小孩子有點兒受驚
而我的孩子只是定睛看着
我不知道他們各自在思考着甚麼
反正我也聽不懂詩人唸的詩
（後來才知道是為烏克蘭和緬甸而寫）
我唯一可以做的只是分心地看着：
詩人、日本孩子、香港孩子、
以及四十多位寫詩和讀詩的人，
偶爾亦為詩人咆哮令擴音器過響導致的耳鳴
輕輕皺一下眉頭。

大久保

在大久保的尼泊爾餐廳點菜
想點一杯冰咖啡，應該說
iced coffee，還是aisu cohi？
或者參考翻譯軟件
以尼泊爾語裝模作樣地唸：aisda kaphi？

是當時還是後來才想起了
一首叫做〈欒海崖的月亮〉的詩

我們與重逢或新識的日本詩人分享美食
說及各自即將展開的遠行
我要去巴黎，他會去慕尼黑和愛荷華
幾年疫情以後，驛馬星一動起來
少不免機件老舊的雜聲
談笑之間，亞洲和歐美的距離
似乎不遙遠了

這晚我們嚥下的是店主的家鄉
一道道跟着拉丁字母拼音唸出的菜式
在餐桌上被傳遞、被分吃
我們來前店主肯定有把餐桌清潔乾淨
離席以後，也必然會收拾桌面
把杯盤移去、用濕布抹掉落下的食物碎屑
伴隨他熟悉的香料氣味
一如談資，無法進入長期記憶的
自會隨風消散

誰一站起來頭就碰着了低掛的七彩燈罩
誰在挑戰要記住每一個人的名字
誰帶着自己寫的詩集如家鄉的手信
想找個好時機送給知音人
在幾年的波折以後，如何是好？

日本詩人拿出翻譯詩稿
為晚上舉行的讀詩會做準備
氣氛稍稍緊張起來
畢竟我們深知這次機會有多難得
為此做了很多預備工夫，轉譯、線上討論、
電郵交流、甚至鍛鍊以日本語來朗誦
預備得愈多就愈緊張
來先呷一口咖啡消除昨夜的宿醉吧？
還是應該灌適量的酒精放鬆心情？

那時候，我們當中有沒有人剛好想到了
那首叫做〈樂海崖的月亮〉的詩？

我倒是記得當晚的月亮
在大久保的民居樓頂上幾乎是正圓
當火車通過如堤壩一樣的鐵路橋
擊出轟鳴，酒吧裏詩人和學者們開始聚集
而我們正在橋下行走，前往

是後來才知道的：
大久保曾經是韓戰美軍的風月地
那年韓國移民尚未聚居
而被毀於東京大空襲之前
多少作家在此生活過
他們當中可有人預知到未來
用顫抖的手提筆，去為將要死去的人民
提前寫下哀悼的詩？

在江之島

行程滯緩而錯過見面
感覺不比錯過了時代更差
同樣是行程
那是人生的，身分的
和更多無可解釋
屬於無數人的歧途。

是日的海
水色與當年同樣閃亮
太陽依舊耀眼
我極目向南，嘗試指認虛無
並告訴孩子：
遠方就是巴布亞新畿內亞
南半球在大海之下
大海之下仍是海。

在眼睛之下仍是眼睛嗎？
若乎此，倒懸的
可不一定是地球
或戰爭，和平
若這一切純粹是
傳說中大魚的一場大夢？

且去想像
在高校的球場上
真的有過那麼一個櫻木花道
投出的籃球永遠在空氣中旋轉
餘暉裏當我把目光指向籃網
在那個方向
城中所有的平交道
仍可過路。

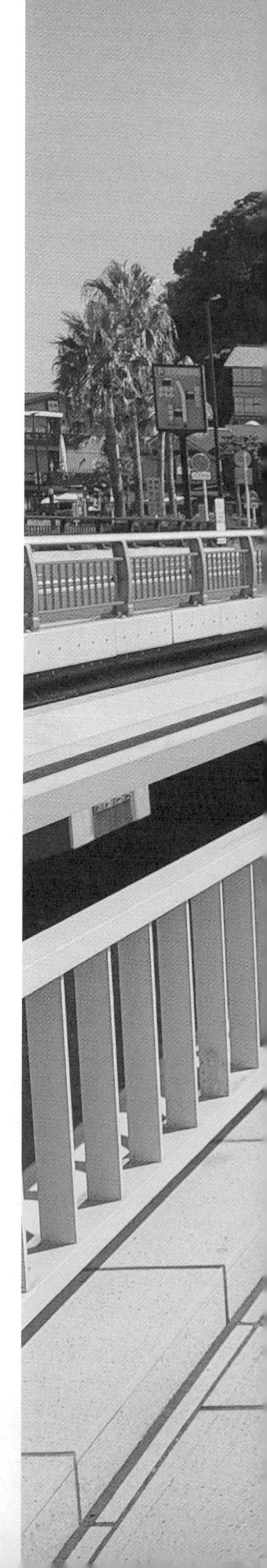

路過大阪城

石山本願寺已歿
我們只能在大阪城內它的遺址
看見一塊不鏽鋼告示牌
說「我們也不確定是不是在這裏」

這是後來的事。
早先，我們在北御堂
（也就是本願寺的津村別院）逗留片刻
並且乘升降機往納骨堂參看

我問孩子：這裏的人也曾經在地表上活過
離世了，誰去為他們打點後事？
或者他們的兒女也老了，死了
轉眼間過了一代又一代

你看見過祖父的祖父嗎？
當然沒有
然而你知道他必然也活過
看見過跟現代稍為不一樣的世界
和無數跟現代幾乎一模一樣的人臉

我們也不確定是不是在這裏
去為你解釋甚麼是生甚麼是死
你好奇那些小小的飾金的紅木櫃子
是如何裝得下一個人
或者一整個家族
「那不是肉身，而是一些
大火燒剩的鈣鹽
無機之物，經萬年也不變質」

這是後來的事。
早先，我們穿行一座在市中心的神社
跨過鳥居但是並沒有結界展開
一旁的石上有辦公室女生在吃三文治
我們唯有相信神明仍在
並且怒目看着這一切

仍在，即使一切都進入歷史了
你看見過祖父的祖父嗎？
他留下了甚麼給我們
我們看見過孫子的孫子嗎？
我們不如寫一首詩
如果世界只容許我們寫一首詩

這是後來的事了。

在梅田帶孩子製作玩具車有感

自行組合玩具車是一個噱頭
也是一個自童年活到如今的夙願
當然我並沒有很熱衷於汽車
只是隱約記得孩提時
（母親提醒過我是坐在嬰兒車上時）
我也曾擁有過第一架鐵皮車子
又被剝奪過我所擁有的
到底那架車子是甚麼顏色的呢
現在又停泊在哪裏？
所謂夙願，有時並非龐然巨物
或每夜陪伴入眠的眼淚痕
更多的是某種隱然的若有所失
與隱然的寄望和牽掛
更多的是我們隱然卻無法放下的
像架消失已久的小車子
又像某座每日消失一點點的城市
以及那些在童年時已被刻寫進腦海的
人面與笑聲

明日環

我們在街頭停駐稍息
有老伯伯路過，看見孩子
就走近跟她說話
我們聽不懂，以微笑回應
又不敢全無防備
他忽然拿出100円硬幣要給她
我們連忙說不用
他乾脆放在我的行李上就走
瀟瀟灑灑，我還在說着不用不用
卻忘了用不熟的語言來答謝。
果然除了某地方
小孩畢竟是未來的希望吧？

妻見便利店就喚我們進去
有魔術系列扭蛋，100円一個
我對孩子說：
就當是老伯伯送你的禮物
好不好？孩子從背包摸出硬幣
自己投進去，扭桿
把蛋捧出來，我只幫忙打開
不是別的，正是明日環
是我唯一教過而她懂玩的魔術

其實明日環稱不上魔術
它是理所當然的科學：玩法是
放手。讓圈子自由落下
它自會繞着鏈
形成一個漂亮的吊墜。

缶詰の
各種
100円
税込108円

天王寺動物園的美洲豹之死

美洲豹死了
展覽室外掛滿了飼養員的思念
還有牠生前的玩具

早晚有一日
新的猛獸會進駐這方寸之地
並非為了要取代誰

森林中一隻美洲豹躺伏
獵人們舉着槍在牠的身後合照
臉上充滿燦爛笑容

我為甚麼要寫下來呢？
牠的一生在籠子裏大概受人寵愛
我讀着那些傷感的悼念文字
想像牠踱步的樣子
並想像出另一種可能

我想到我們自己：莫非如此
同樣在涉渡那條叫做「一生」的河流

我想像還有一隻年邁的美洲豹
終身沒有看見過人類
肌肉萎縮跑不動了
在某個黃昏牠看着夕陽
漸漸陷入飢餓的永眠

這是第三種可能
我想到我們自己：莫非如此。

エンリッチメント
紹介
お知らせ
ワラ束
ダンボール(箱状)
ダンボールの中にお肉を入れました。
パンチで箱をつぶして中のお肉を
食べて、その後もダンボールを
ちぎって遊びます。
ただの氷
ただの氷です。
ペロペロなめます。
暑い日に使います。
中にお肉が入っていなくても、
よくなめます。
お肉
草
ガス管

既視

那次和朋友在餐館
他想說某人壞話
剛開口就打住
左看右看
像個打翻水的小孩子
忽然吃吃地笑：

怕甚麼？
我們在澳門

某日與旅外的作家相見
我們聊得開懷
話到關鍵處同時停下來張望
前後無人，很好

對了
反正人在關西
而且本來就沒有要說甚麼
驚天動地的事

不過是提起了
幾個
我們都認識的
悲傷的
故人
的
名字

而已

天神祭

我們穿過橫貫中之島的石橋
日沒以後的橋上人頭湧湧
在這天神祭的夏夜
每個人都面對着花火的方向
那遠遠開在高樓背後的
多數只聞其聲
或者從玻璃建築的倒影中看見

每個人都面對着花火的方向
而沒有誰真的在期待甚麼
像我們每個人都面向着未來
快樂着，悲傷着，記念着
並且活下去

即使我們更熱衷於
像橋上穿和服在細語的年輕情侶
像橋上喝得酩酊在道別的西裝男女
像仍穿着祭祀服飾穿過人群的大叔們
像橋上敬業地指揮了半天交通的警察
或者像那群追逐着玩得開懷的小女生們
一樣活着，一樣隨着意識到花火完結
而盡興地散席離開

其時河上仍有祭祀的船在敲鼓
船伕們努力地划動夏夜的河
如果真有天神看着這一切
那些蒼老的人臉
天滿宮的那些簷角和廊柱
看了一千年
也就是看了一千次
你們會看見怎樣的一幅浮世繪？

GOMI
BUSTERS
町をきれいに美しく
天神祭美化委員会

日曜日在大阪

西日本的深夜
我們談詩，以及
洗衣。天空有明月
穿過摩天輪間隙如天之眼
盡見東方的繁華
我帶孩子乘子彈升降機
上到樓頂，回看大阪站列車
踩鐵軌而去，有年輕情侶
把臂往摩天輪售票處
鐵道橋下有救護車
應是餐廳員工燒傷右臂
被送進，然後車子一直停泊
未曾駛離。地下街
熱鬧如明日仍不須上班
我們只為覓一杯刨冰解暑
遂探向未知的街角
此刻火車又通過
輪軌撞擊的軋軋聲響徹

梅田區的風。約定好各自寫詩
像踩過車軌段落間的縫隙
神經訊號必然通過突觸
衣物何時才洗好？
上帝說：到了某個確然的時刻
它們就會乾
列車必會按時抵達與出發
燒傷的手何時好起來？
像我們寫詩，是否亦如
坐上子彈升降機，如天神一樣
以上騰之姿，悄悄窺看
那些受傷、快樂或孤單的人
向着下一站進發
或在摩天輪上看着天之眼
寫眾生輪迴的詩
流連不返？

渡月

我在往嵐山的公車上睡成鬼樣
忽然被叫醒，抬頭見河上有長橋讓我如此眼熟
惺忪之間我問：難不成這就是？

是，就是渡月橋
龜山天皇說：
看起來就像月亮在過橋

至於兩統迭立的破敗
或者現今的橋是用鋼筋混凝土還是木頭來造
似乎不重要了

時代翻過了一章又一章
那些長得像鬼樣的老人們都死了
唯有月亮仍舊在過橋

一千年了，這道橋過完了沒有
但是此刻烈日當空
應該往何處尋找那位名叫月亮的佳人？

若她仍活着，若她仍願意照看這人間
難不成這就是？是，信知萬世一系
你憑甚麼不相信這世界在轉角處

仍有月見的可能？

黑夜的鴨川

大家都來到鴨川
看見了鴨川
寫了鴨川的詩

我也來了鴨川
我來時已晚，京都
已被夜吞食
如沒入了一頭鴨子的腸腔
我可以看見甚麼
聽到甚麼？

只有水聲吧
或平滑肌蠕動產生的噪音

我努力寫一首鴨川的詩
也冒昧起題為鴨川
但是我心中只有虛無
而沒有鴨川

像很多香港人一樣
像他們一樣。

火気厳禁
三洋化成
京都工場

紀念品店的太刀

一把和果子刀
上面刻着神社的名字
我在紀念品店端詳良久
無法理解
這把太刀造型的無鋒小物
可以用來切甚麼

不是不明白
週邊商品的意義
總有遊客慕名而來
想把甚麼帶走
似乎戰爭亦有商品化的價值？
血肉、保衛或侵略亦有
意思是
人類的死亡與哀痛亦有

我隔包裝把玩這小刀
小刀小到似乎只足夠剖開軟糯的和果子
對於歷史連碰都碰不着
因此它沒有勾起人們甚麼強烈的感受
它只是一把小小的
甚至可以稱得上是可愛的迷你太刀
即使身為異養生物
人類一切所吃的
從來都沿自於獵殺、剝奪，和滅絕。

かき氷
ソフトアイス
特製
氷
花火禁止
京都府認証制度
基づき
コロナ対策実施中
使用禁止の椅子は
使用しないよう
ご協力お願い
いたします。
Captain

コエ

那是我聽過最嘈吵的蟬聲
以及最寧靜的早晨

在穿過千本鳥居
步下盛暑中的稻荷山時

當聲音響亮到幾乎無法忍受的那刻
我忽然聽見整座城市在說話

然後是神域中無數未知的靈魂
同時移轉眼目並且向結界出口吆喝

至於我今日聽過另一種最嘈吵的聲音
以及最寧靜的風景

是當嵯峨野小火車穿過古老的山洞時
那無數金屬同步敲擊的轟鳴

比教堂或寺廟中的誦經聲更清楚
那豈不是人間向鳥居彼岸吆喝的應答聲

納

今治

一室裏的鐘錶
時針停止在不同時間

河岸的棚屋
逐間隱沒在漸密的樹叢裏

曾經人們來此寄居、手造門牌
帶孩子一起學習日本語

隨着蒼社川的水聲老死去
讓經過鐵道橋的夜行火車接引

如今連城市亦一樣滄桑了
商店街改向不隨車笛離開的魂魄招手

深宵四時，燈火暗飛
隱約傳來昭和歌者的嗓音低迴

已經無力阻止時代把老屋逐間搗毀
可以喝的酒尚有幾多？

可以看的天光有幾多
流入護城河的瀨戶內海水有幾多

誰都不會知道最後一縷煙何時升起
隨即消散

或者散落在草叢之間的鐘錶
何時開始逆行

徳島
なると金時のまち
人間愛に包まれた
第九アジア初演の地

第二輯

夜航

1.

飛機跨過一座座城市
從巴黎到波斯灣一條懸空的弧線上
你知道燈火遠看總是昏黃的
甚至暗紅，在漆黑的大地上
聽着巴哈的古鍵琴，只能幻想
地上此刻亦有人聽着同一曲
但是，萬一真的有人在聽同一曲？

萬一如此，我跟你的戰爭
是否終將永遠延續下去？不因為
宗教不同，不因為爭持國土
而僅僅因為我們對同一曲巴哈情有獨鍾
而僅僅因為我無法承認愛你？

2.

我們生來用手觸碰萬物
我貼着窗，摸到的是歲月
通過夜，我摸到是絕望
並想像絕望的裂縫裏有暗光
我觸碰你的手，讓你的手
觸碰萬物，或許你摸得到
歲月厚厚的霧氣和塵埃以外

當萬物仍在萬尺以下
你率先觸摸得到那些無名的城市
與樓房，那些飢渴中的人
與戰火中的言語，那些瓦礫
與詩，那些從絕望裏伸出的手
與一些散落荒野上仍待拾起的筆

3.
空中服務員忙着回收
夜航上乘客用來保暖的毛氈
我偷偷瞄向前座的人
正在看新聞直播：在加沙
一個婦人正在臨時搭建的帳蓬前
曬晾被子

在加沙，或在海法
或在我航機正在飛臨的任何一座
日出的城市，都必須有人在晾被子
不然怎樣？難道被暴雨沾濕了的
能夠就這樣被重用嗎？
只是隨手丟棄又未免過於浪費
被子，抗生素，針筒和槍

4.
飛機進入晨曦的火燒雲
一半日子黑暗，一半有光

我向大地和河流尋溯失落的幾塊拼圖
不管它們是黑暗，還是光

5.
在巴黎，我帶學生走進舊書店
奧塔維奧帕斯，特朗斯特羅默，
里爾克，保羅策蘭的法語譯詩集
擺置工整，乾淨，而上層書架
放的是馬拉美，梵樂希和阿波利奈爾
我最後挑選了勒內夏爾的後期詩集：《溯洄》

在戴高樂機場
我瞥見男人放在座位上的黎巴嫩護照
手持不同顏色日本護照的年輕男女準備登機
學生說他可以在兩本護照中任擇其一
正如我也可以從書架的陳列裏選擇
上帝亦如此揀選他的民眾——

為甚麼是你？

6.
除了加沙以外
世界大致和平了嗎？
據說俄烏昨日的死亡人數近千
那麼，把俄烏也撇除吧

大致和平的世界，和平的晚上
沒有燃燒彈的星火或導彈的弧線
除了我的航班越過的軌跡上
因為正寫詩而稍有不安

其餘的黑暗土地
廣袤若海
當星宿各從其位
這世界都可以安享太平了嗎

那些被子
自早上就一直在風中飛揚的被子
終於晾乾了沒有？

7.
巴哈的樂章接續播放
我有時不聽
戴回耳機時早就過去了多少篇章

最讓我懷念的始終是
蘇格蘭國家博物館裏的千禧鐘塔
在巴哈BWV593的奏鳴中
萬世在旋轉，萬獸和惡鬼為延續人類苦難而勞動
千禧的峰頂是聖殤
是的，除了聖殤以外還可能是甚麼？

人子之死與復活
曾被無數人挑戰，認為他未死
或死後未曾復活
有沒有一個可能是
同時處於死亡和復活的狀態
像那些正在冒煙的城市
無數被消失了的人？

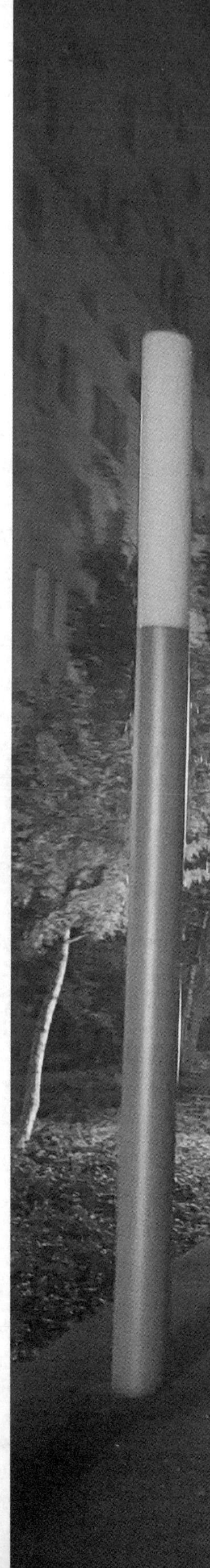

8.

萬一我們說的不是戰爭
不是死亡，不是悲愴的眼淚

不是米拉波橋上的保羅策蘭
不是夜航客機裏的恐怖分子

不是克里米亞或加沙
不是無主的濕衣和待乾的被子

而是愛
而是詩？

關於鯨

1.
豈有如此矛盾的詞語：
鯨鯢。

凶殘與不義者。
「古者明王伐不敬，取其鯨鯢而封之，
以為大戮。」
《左傳・宣公十二年》

無罪而被殺者。
「妻子無辜，並為鯨鯢。」
《文選・李陵・答蘇武書》

2.
以廣東話為母語的人如我
陌生於鯨字的國語發音：jīng

月出鯨山鳥，時鳴鰆澗中
各有各的兇猛和抑鬱

可別忘了與之同音的字
還有鼱、麖

同驚。

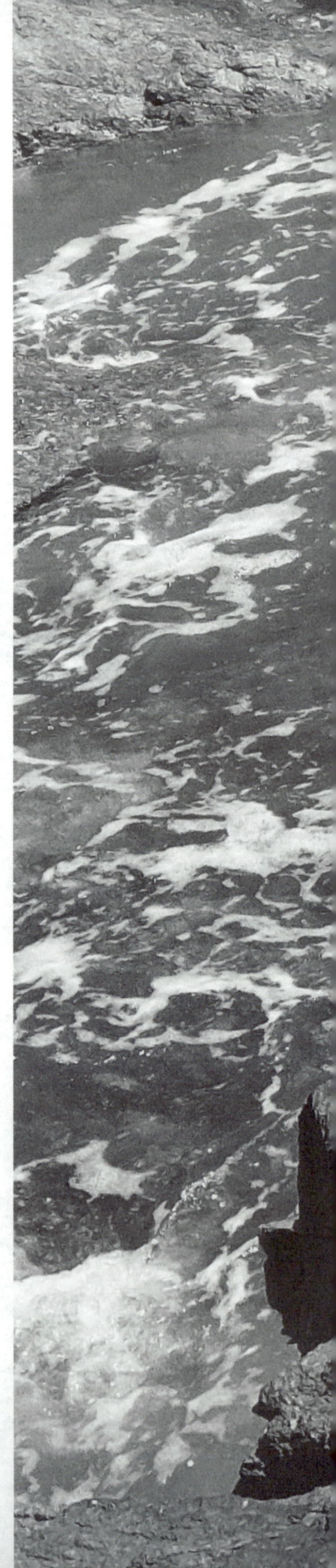

3.
鯨的近親是
河馬。

每年上課我都會教
以前的學生會露出驚訝表情
近年隔着熒幕教書
無論教甚麼都鴉雀無聲
即使回到課室
我仍得隔着口罩
去猜他們此刻人在哪裏

海洋與大陸
從此永不相逢

偶蹄目
鯨河馬亞目
至於鯨與河馬的共同祖先於何時種化
仍然是謎。

4.

豈有如此矛盾的獸
游於深海
卻須呼吸大氣

是否曾遇盧亭？
盧亭如在
難道也可辯證天演論

騎鯨有時
向大陸詠唱有時

愛有時
相忘有時。

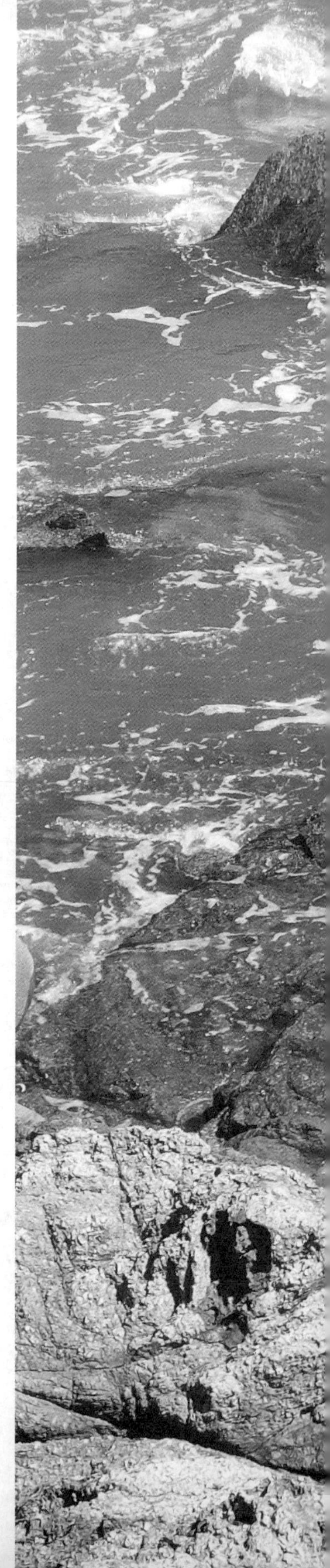

5.

關於鯨落
或腸穿肚爛或鯨身爆炸那些
我就不寫了

我寫鯨時
剛好路過松山火車站
廣場懸吊着一條身纏燈飾的藍鯨
鯨口張合
環迴着低沉的鯨吼

走時已晚
鯨口緊閉，也不叫了

關於鯨
我想寫的是這一幀親見的風景
即使我見之鯨是假的
牠也曾經活過

6.
利維坦形象如巨鯨。

若上帝真的創造了利維坦
《以諾書》：「在那天
兩個獸將要被分開
母的獸叫利維坦
她住在海的深處，
水的裏面」

那麼是誰創造了威權國家？
沿於對暴力死亡的恐懼
沿於對所有人對所有人之戰的迴避
他們可曾算到
利維坦終究會在大夢裏翻身？

大海沸騰的日子來到了
而我們看見的，是她夭折的孩子。

7.

關於鯨的第七節詩
我想過寫獵鯨
想過以鯨骨與脂為喻去寫生死
但是這些我統統寫過了

我未寫過的
例如鯨的芳華與擱淺絕境
鯨字的字源和流變
鬚鯨和齒鯨的分類及其生態
或其他難以安然寫出的
值得寫嗎？

值得
但是暫時不
寫了

柯氏喙鯨的紀錄是3小時42分鐘
面對如此盛世
我們在詩與詩之間閉氣與潛航的忍耐
足可以年計算。

路

葉開始秋了
我在黑夜的巴黎大路上走
找不到那個女人的身影
連她說的最後一句話都聽不見

我知道她要離去
但是無法知道以後會去到哪裏
或者女人已經起程
或者她不需要地圖和星宿

雨開始野了，在克利希大街
我扶着最長的幾條雨絲想彈奏
小時候學過的兒歌
「在雨中，歌唱吧蟋蟀，在雨中」
聽來卻是一片岑寂
只有路燈光線妖嬈如舊
連雨水敲打馬路也是無聲

疾步踏碎落葉的女人呢
那個一身黑衣
只有眼睛可見的女人
此刻正在大地上哪一個方位轉動着
自己的四季？

不在杜樂麗花園外
不在羅浮宮前
她在哪裏，正在哪一個世界裏遊玩
看着相反季節的風景
為顛倒的日月奉獻其身？

我抵受秋的葉隨風
當童年的挽歌在腦際穿梭
被一顆顆悲傷的孤魂噬咬着
如侵蝕趨向光明的指涉：
譬如路，路的盡頭卻隱沒在虛空
唯有一群殷勤傳送人間閃亮碎片的鳳蝶
仍願在獵者環伺裏
重砌女人遺落了的心之地圖

譬如未來，又譬如人生的種種可能
我尋找的終究只是黑衣的影子嗎
而非真實存在、真實活着的人
她是誰？當她歌唱（我想像她在歌唱）
我必須依靠想像
她唱，應相當於她仍然活着和呼吸
正在代表某個族裔向上帝詰問：
「上帝，你可曾為自己創造過眼淚？」
在聖心堂。在蒙馬特
這個世紀不如就這樣一了百了
她才可能高唱下一首歌……

她仍然在嗎？
到底只有我自己，在鏡屋前的
是真實的人像嗎
而不只是一則無中生有的鬼故事？
她在杜樂麗的摩天輪上嬉戲過
在左岸的小酒館
寫過詩、唱過香頌、哭得死去活來過

趕在日出以前
趕在身與名俱滅以前
我尋找的早已不是一個黑衣女人
或一場放肆的夜雨
而是一個國族，當戰火在遠方
當有人缺失母土、有人父子離散
我尋找的到底是誰

是誰在如此雨夜消失在人間
讓荒原上的所有燈光消暗
若她是世紀本身
我想她的消失也是情有可原
若是這樣就罷了
不如一切就這樣一了百了，我的世紀！
讓烽火取代計時吧
讓哭號召喚明日的日出

只是萬一她是跨越塞納河的橋
如米拉波橋、新橋、亞歷山大三世橋？
多少人會從她身上投向漆黑的河水
唯有這些不絕的獻祭
讓她於人間稍為顯現輪廓
讓她稍為不似傳說裏那個無心的女人
如一個影子般攝入巴黎的夜色？

我在聖殿的乞禱被兌換成詛咒
我的呼喚被蒙帕納斯墓園的霧氣吸收
站在波德萊爾的紀念碑下
雨已經停歇，日之將出
吸血鬼仍願把其蝠翼罩向沉思者
一個被綑纏的臥像就是詩人嗎
是波德萊爾，還是世上每一位仍然活着
並在尋找那個黑衣女人的詩人們？

或許每一個真正的詩人
必然有一個只屬於他的黑衣女人
永遠在外面不知何處闖盪
對於一些詩人來說
黑衣女人是火的化身
對於另一些，她是水、是土、是風
我的呢？
還是時間本身，是痛苦本身？

我連她的樣貌和名字都無法記住
連她的過去和未來都不知道
我還堪配做一個詩人嗎？
或者是個二流的，
而不是真正的詩人如波德萊爾
里爾克、曼德爾斯塔姆
扎加耶夫斯基、特朗斯特羅默
李商隱、蘭波、艾略特
保羅策蘭、辛波絲卡、巴列霍
阿波利奈爾、勒內夏爾、普里莫萊維……

曾有詩人嘆息過
自己或者在詩人排名的一百名以後
我就想到起碼他有排名
（我同意這一點）
而我大概連排名都沒有
因為我仍在雨夜尋人的路上
尋一個只知一雙黑眼睛長成甚麼樣子的
卻不知是否真實存在
不知是否正在尋找光明的女人

若這個世紀就此一了百了
詩人名單甚麼的就算了
反正世上所有詩歌從此飛進火焰
我需要的不再是未來
而是永恆的現在
永恆的此在

在夜的灰燼裏我終於聽見了
這荒謬人間裏唯一一句真真正正的詩
有人在唱米拉波橋
我終於看見那個黑衣女人
或者她是我自己的幻影
正在路的盡頭高唱：

「夜來臨吧聽鐘聲響起
時光消逝了而我還在這裏」*

而我仍在這裏。

28-10-2024

*「夜來臨吧聽鐘聲響起／時光消逝了而我還在這裏」引用阿波利奈爾〈米拉波橋〉，徐知免譯本。

月光

隱天蔽日
不見曦月。
——水經注

0.
月光之下
不是鬼

月光之下
不是人

1.
一千五百年前
當酈道元的頭顱被割下
扔進井中
一千二百五十二條河即成血脈

而這血
必然接通月光

2.
一千五百年
日光滋長萬物
天下走獸各從其類

河水浸潤生命
農夫在泥地上死了又死
莊稼割了又割

像一些喉嚨
像一些輸水管

3.
月華亭中
嵇康彈琴

鬼的寂寞鏽蝕了容顏
在月光下
抱住自己的頭
像一個狼狽的少年

廣陵散我只教你
以後絕傳

這是真正的
最偉大的教育

4.
像那些輸水管
月光無法照及時
就無法煮成血

就無法生出新的器官

所以割斷吧
讓水流成經

在月下
一個女人
第一次痛

5.

我聽耶穌將水變酒
是在三十年前
那時我不知道酒是甚麼
自然不可能明白
這故事的意義

從來不在神蹟
或神
而在水，而在酒

而在水或酒之上的
是月光

舉杯邀明月
對映
成千千萬萬信徒

戰火
死亡的惡臭
新生
黃金，乳香，沒藥
博士

和星星

6.
至於月光
寫過月光的人畢竟太多了

我為甚麼仍然要寫
因為你嗎

還是因為我
因為李白的床
還是因為蘇軾的酒

因為德彪西
還是因為哥百尼

7.
錯了
是因為太陽
說到底還是因為太陽

在太陽底下
農夫在桑樹底下歇息

不要讓他們失去那些桑葉
不要讓他們失蹤

月亮是無辜的
是嗎？

8.
萬一不是？

萬一那個反射日光的
才是借刀殺人？

禰衡之死
背後是日與月的交鋒
日是曹操
月是劉表

你會以為我會說
其他的是星塵？
不，我其實還未想好

像那輪月亮還未想好
借來的光
該怎樣煮人

9.
月光之下只有新事

只有惡意
歷久彌新

只有善意
旋生旋滅
和星星

10.
一千五百年前
月光將鋅鍍上每一條河流

譬如塞納河
當詩人縱身躍入
月光從五十年前集中營的屋頂
轉移至終夜流淌的河上

11.
多年以後我走在橋上
朗誦一首經典的失戀詩

此刻月光照亮河水
漂滿了幾百張死人的臉龐
閃閃發光

12.
那年冬天我們喝了很多酒
死了很多人

那年冬天月光的魚腥味
滲入城市的輸氣管道

那年冬天我們把雪裝進瓶子
然後是作為籌碼的手指

當月光照臨教堂的鐘面
那年冬天我們醉了，很多人死

13.
我無法應許你日子
唯有月光

唯有月光我可以給你
不負溫柔

然而這不過只是
一首我們唱不來的歌嗎

14.
因為提出日心說的人
早已燒死在火焰中

因為觀察月蝕的孩子
消失在最後一束光遮蔽後

我給你的終究是這些虛無
或者是悲傷

15.
今月曾經照古人
亦必將照向未來的斷腸人

我可以給你的是
一首關於月光與鬼魂的詩

唯有這首詩永遠存在
如水經注，神話與掌故

連向永恆的海
沿着月下的河水永遠流動

第三輯

定居

父輩書

是啊我確實記得
不行嗎

我現在就宣告我記得
但是偏不說我記得甚麼

當然你可以逼我說
那麼我所記得的就是

屋裏的水龍頭尚未關上
而煤氣早已滲漏到整座城市

記得瘋狂和絕望可以同時
如此存在的還有永晝和永夜

我的意思壓縮起來就是兩個字：
今天

今天的血注定要被明天沒收
一點一滴流失隨即又被替換

所以有人急切地問
為甚麼？

而你以響亮的聲音像違抗命令一樣回答
為甚麼不

為甚麼不關掉吃風的高窗
為甚麼不向垂死的罪人傳道

並告訴他們
你的一生其實並無能力犯下真正的罪孽

為甚麼記得
為甚麼不可以記得

在車門造好之前
在上帝的眼中它早就開合過無數遍

上帝沒有時間
魔鬼有，他的老朋友天使也有

讀詩以後

詩會有酒，紅的白的
但大家總是要等到讀完了詩才飲
而且都是淺嚐
沒有人飲得足夠
這讓我有點無奈了
明明三杯之後的城市看起來是如此安好
四杯以後更加美麗
到底大家是不再需要飲酒
還是不再需要這座美麗的城市？
我不知道，不敢問
只敢羨慕

這時從車窗外剛好瞥見一個老外
醉臥在終審法院門前
看來他是看見更美好的東西了
願他今夜不死，陽光來時
祝福他身體健康

有的石頭殺人

有的石頭殺人
有的石頭從外面把人擲死
有的石頭從體內滋長
直至把生命磨盡
有的石頭憑聲音把人殺死
有的石頭是想像
然而想像比現實的石頭
或許殺死的人更多

有的石頭不殺人
每一顆殺人或不殺人的石頭
看起來相似卻獨一無二
有的石頭有四十五億年歷史
有的石頭從未誕生

有的石頭帶着理念和宣言
來到這裏，恰好，於此世的輪迴中
有個暫借的名字

有的石頭暗啞，有的發光
石頭不會死去
或許會，只是死去了的石頭
看起來與活着的時候一模一樣
並且同樣會殺人，或不殺人

FLEURS

劫後

因為船期延誤
而非不可告人的原因
訂了的書必須遲到

我答：
沒關係我可以等
反正要等的
何止是幾首詩

詩人告訴導演：
「不用等很久」
我怕悶——
滿腦子想的是
薄餅好吃
咖啡好喝

當年的人沒有薄餅和咖啡
是如何在曠野等待四十年？
我大膽推斷
他們並不等待

而是生兒育女
鑄鐵，織布，拉坯造陶
在曠野上日入而息

敢說其中亦有人
培養出夜觀星象的嗜好
為人類的命運占算
也有人愛上寫詩

也有人（無需要太多）
負責記住四十年來的眼淚
記住父輩的名字
順便記住上帝

當我答「我可以等」的時候
意思是
「我亦可以不等」

反正我隨時可以抬頭
而星宿必在其位

我也隨時可以寫詩
我可敬的詞語
早已厲兵秣馬

在等待與不等待之期間
有人呱呱落地
——船期
有人壽終正寢
——延誤

有人堅持執筆寫詩
——書
有人盤算着下一部戲
——遲到

上帝說：
遲到好過冇到
食住等啦
張單——讓我來埋了就是

怪夢

夢中有人從我的身體抽血
你看，它們正在凝集成圖案
像古代的岩洞壁畫
或中世紀的宗教圖騰
或網際網絡上的不明語符

你知道這是甚麼意思嗎？
一個穿白袍的男人輕聲問我

我猜我知道
但不打算說出來。

看見

你在街上看見那個人
倚着拐杖站得有點不安穩
你知道他不會好起來了
一時三刻倒也不會死
(甚至比某場車禍裏的兒童
或忽然患上重症的青年更走運)
(走運？)

他鐵定不會好起來了
情況又未至於太壞
在未來的三年或五年裏面
他會緩慢地丟掉視力
和聽覺，味覺也會愈來愈遲鈍
呼吸變得更不暢順了

你知道這必然會按部就班地發生
除非有甚麼例外情況把他提早擊潰
否則現在你看見的這個人
明年仍會在這個小地方踱步
只是看起來將會更虛弱

你聽見過他向朋友抱怨：
是左眼先失靈，還是右眼？
右耳愈撞愈聾了
左耳仍可聽到收音機跑馬仔
後來他的朋友不來了
你看見他有時對空氣唸唸有詞

今日應該上前跟他打招呼嗎
有甚麼想講就現在講吧
趁着他還能夠聽得見
思想也足夠清晰，分辨得出人臉
難道要等他失魂以後才說？
（只是）

只是你真的無話想說
思前想後，你始終猶豫不決
大概不是所有遺憾都應該避免
有時，你終於明白了，有時
既然知道他不會好起來了
那麼你默默祈禱就是
不是所有的禱告都需要被俯聽
上帝有時會撞聾
（沒關係）
比起那個創造天地的老人家來說
你還很年輕

物理

車站的白光刺眼
從門隙閃現了幾下
我記得以前也看見過

像雨夜意外踏碎
一隻本已破碎的蝸牛
緊隨一連串清脆

在年前某個繁華的街口
是否也曾經有人發現
天空中的閃光？

生命有時會
發出碎裂的聲音
有時不會

而是以一把飽含迴響的人聲
來回此岸和彼岸
我們可以選擇傾聽

光之後
總得是聲音
緩慢，但是必然會趕及

永恆。
連上帝的永恆
都在這巨大的永恆裏往復

列車停站，光進來；
蝸牛殼碎裂，雨水浸潤；
上帝說：我是船長

但是他必然亦是風浪
亦是大海
我只想知道上帝不是甚麼

「他不是那個投海的人
他不是那個墜落者」
但是你怎麼知道他不是

萬一他是？
萬一其實他是
那一千萬把隨光而至的聲音

萬一我們只是
不小心將環接合
才以為只有人類長得像上帝

然而其實他是
那隨光應至，而未至的
聲音。

普通日子

我看見飄絮落進車站
人潮向悶熱的街道走去
今日不是甚麼日子
可以抒情

今天不是甚麼日子
我在黑夜趕路
帶着一兩本詩集
街上的人都各有目的

在可以抒情的日子
偏無話要說
天文大潮過了
海浪聲再次成為白噪音

一炷無限長的線香
毋須誰去記住
在不算甚麼的普通日子
它自會一直燃燒

浪速区は
租税教育推進してまんねん
デザイン：今宮高校書道部
公益社団法人 浪速納税協会
浪速区納税貯蓄組合連合会
近畿税理士会 浪速支部
COIN LOCKER
コインロッカー
OPEN 10:00
CLOSE 18:30
보관함
たこ天
大阪名物 たこ焼・おみやげ
おみやげ
OSAKA

第四輯

下武

該寫吧
今年也該寫
但是該寫甚麼呢

我說過
必須寫下去
即使亂七八糟
只是
還有甚麼可寫呢

寫海，寫焰，寫黑眼睛
都寫過了
寫花草，寫落葉與春秋
或者寫寫鐵車輪
和馬路，地表上的皺
或者僅僅是光影

都被書寫透了嗎
瀝青原是液態
十年一滴：寫過嗎
深海巨大化是
物競天擇的現象
所以巨獸潛行於黑暗：
是不是都寫過了
幾十年來
多少人寫過多少句詩

在我們死後的未來
必有詩記載過去
明日的泥濘上
必有昨夜的履帶印痕

每張煙霧間的臉都寫過
每一行未催成的詩
未磨的墨都已拓在紙
如重力透鏡
讓光繞過星際空間
我們仰看的是
億萬斯年以往的遠山

所以今年寫甚麼呢？
去編二進制
並重寫羅馬衰亡史
或者去臨摹更多活着的
行走中的人

有種人
去到哪裏
枷鎖就嵌在哪裏
另一種人
他們去
詩就滋長在那個地方

無題

我夢見宇宙深處有洋房
漂流在星際之間
有個小花園，種滿了夾竹桃
花園的地上鋪了黑色磁磚
這時洋房的主人開門出來散步
親切地向我揮手
當然他也是穿上了太空衣
所以看不清彼此臉容
我倒是記得這磁磚：我在童年時
在樓梯街上也蹦跳過，呆坐過
階梯濺上金黃色夕照時
沿街的店子也就燈火通明起來
玩伴向我嚷叫：
勇敢地跳過去吧
跳過去，你就看得見星空

FLEET ARCADE

荒涼

回頭才知走過的曾是盛世
但是又有甚麼辦法？
鏽掉的鐘，你還是得偶爾擦亮一下
好讓它追得上時代

以它獨有的跳格方式
切割時間，即便這些仿製的時間
像叮叮糖敲出來的碎片
時大時小，你且數算
大是一顆，細
也是一顆

有些時間糖果藏了失去
有些藏了美滿，懊悔，幸福，死
和生，糖伕的鏟子往人間一兜
就渾然天成，包裝紙
寫着一生

說是墓誌銘嗎？
你表演式的吸一口氣
硬要往袋子中盲塞兩三顆
不管好壞，黑袋子口一索緊
作業才叫完成

你曾走過盛世
如今你只是一個又一個連綿不絕的夢
也許很多人，或無人如你
只願用餘生去細聽
糖果相碰的聲音

案内図
新今宮駅
2019年3月より
歩行者
自転車
専用
仕事の紹介
おおえんしませ
ウクライナ

暴雨中聽學生泣訴

暴雨如深海的亂流
我們憑窗談到一個家庭的悲哀
彼時你說，為甚麼相近的人必須
互相傷害。我沉默
一旦沉默，暴雨就把玻璃打得疼不可耐
而你間或苦笑、間或發出聲音
疑是憤怒咆哮或受傷低泣
幸而房裏只有我，而我向來知道你是甚麼。
我沉默，暴雨就更加放肆了
深海可有更深的幽溝？連雷聲都盡斂之絕境
尚有動物在游弋，或僅僅浮沉度日
百無聊賴？那足以摧毀時空的巨大壓力
卻被柔軟的肉身所抵消。
只是，度日的你，正在長出鈣造的骨骼
還是金屬的靈魂，我又豈能夠知道
你在水中閉氣的極限時間
是多少年——換你沉默，
這就是一張最苦的臉，嘴角自有生命般
盡其一生的氣力向下彎去——
我是我，豈能夠知道你為甚麼

不再問為甚麼。掛牆鐘徐徐跳動，鈴聲響過
別的人正從一個課室倒換進另一個
或從一層樓下降到另一層樓
亂流以下我們不對望，看着無關重要的細節
我們抗衡着雨聲輪流說話，輪流聆聽
所以我幾乎曾經是你嗎？我幾乎看見過深海
此刻天地亦無明，窗外是鐵一樣的淒厲：
「你豈能夠讓風浪平靜？」
是的。我們知道血如何相連成脈
書讀過很多年了，卻永遠無法去理喻
那些期許、怨懟、那些執念的紋理
到底正在昭揭着甚麼天機。
「一個家庭」，這生詞從出現到消逝
都如此莫名其妙，似乎我們只能夠一直如是
逃避、面對、努力消彌、又徒勞無功
而海洋和天空仍自古以來一樣在交換彼此
孩子，此刻的我決定不去告訴你：
挪亞從來沒有掌舵，他極其量是一名馴獸師
他的船上連個掛牆的鬧鐘都沒有
至於讓風浪平靜的那個人，彼時尚未誕生。

月見

看見月亮了
快到中秋
但是月非為你而圓
跟我唸一次：
干卿底事

干卿底事的還有
一些隨之而來的慶典
一群舉杯邀月的傻瓜和
起舞弄影的瘋子

還有鬧哄哄的夜市
燈火璀璨
受驚過度的山鳥死了幾隻
萬眾期待的選戰
選上來的若真的把月閉掉
後續的商演能不叫停嗎？

還有滄海鮫人的珍珠淚
嫦娥偷藥之後的去向
諸如此類。
月無恨嗎？
敢情是有的
但是逐月者們
借問干卿底事？

人家是亙古不變的石頭
你是航道上的一聲笛
如狼吠月
終究吠成狗的模樣
那是潮汐鎖定
你這被PUA的慘綠少年。

火星

放學路過廣告街站
宣傳二十四小時健身

旁邊的快餐店
也是二十四小時營業

有些地方
有人正在二十四小時等待
被擄走家人的消息

有些人把二十四小時
分割成受害的歲月
和加害的日子

我看着所有宣稱二十四小時運作的事物
感到無盡悲哀

明明在不遠的火星
那顆或許更宜居的星球上

一日
有二十四點五小時

10-10-2023
寫於以巴戰爭之際

新宿御苑
ヨガ
MONKEYGYM
24h
釜揚げうどん
丸亀製麺

鴿子

1.
每日清早
我從廣場上一百隻
把頭埋在胸前的鴿子中
尋找把頭埋在胸前的其中一隻

不，我不在乎昂首的那一隻

2.
年輕鋼琴家灌錄了一張唱片
在曲目彈奏到大半時
他說：終有一日
你們聽的是逝者的遺聲

有人在報紙上撰文取笑他
那事情發生在一百年前

3.

有人以為我在等待那隻鴿子抬頭
並沒有，
我只是在自己的影子中趕路

當我書寫如此尋常的事情
亦不期望你會喜歡

4.

那麼，那位音樂家的留言
究竟是為誰而錄下的呢？

帖文

或者是演算法的關係
這幾日，面書上
以色列和巴勒斯坦作家的帖文
似乎增加了

兩種語言於我同樣陌生
我實在好奇
用翻譯軟件把帖文轉變成漢語
現在我讀懂了

帖文的內容是一樣的
而其實他們的每一則帖文
內容都是一樣的

這些帖文我以前讀過
用俄羅斯語寫
用烏克蘭語寫
用英語寫
用緬甸語寫
用越南語寫
用法語寫

無論寫的是甚麼
但是內容都是一樣的

都如电流一样
经过，并停留在他身上

戰爭詩二首

1.
承認吧
從逝者體內開出的花
並不屬於他們
花自有花的生命
自有他的苦厄與世界
不應該以無關者名字
為其命名

甚至慰靈碑
甚至青銅像
砂石本無形，何以漂泊
離鄉千里之遠
鑄刻上不屬於他們的功名？

2.
老人在深夜迎接
從戰地歸來的孩子
「你瘦了」
孩子問他，「如今
我就是一條手臂
甚至不確定是否這一條手臂」

老人對紙上的字沉思良久
終於知道答案

「沒有變輕
也沒有變重

跟第一次抱你時
差不多」

重陽

遙知兄弟
那頭沒有山
沒有山何來登高
沒有登高何來插茱萸

何況沒有兄弟
亦沒有茱萸
異鄉與原鄉無別
至於異客
公眾假期吧
街上倒也不少

去年才離家的我
今日回來
竟已是一頭頂的雪意
我問路上少年鄉關何處
他的回答
我一個字都無法聽懂

他見我茫然
氣餒地指向遠方
吃力地做一個山的手勢
只是那頭明明沒有山

沒有山
何來避瘟疫
何來黃花酒
何來路上仍有赴約的少年。

當太陽無所定向

當太陽時而向前加速
時而向後逆行
像鐘錶匠的鬼魂
跨越時區而來

豈非無遠弗屆的權威之口
與律法？上帝說
我的律法行於全地
我的話是亙古不變的箴言

誰正在僭越上帝？
誰向世界宣告：
聆聽我
聆聽昨日與明日之我的聲音

當太陽無所定向
一片又一片海域隨之沸騰
無數生者皮肉剝落
無數死人睜開眼睛

情願

有時我想簡單地結束這一切
有時我不想
不想隕石就這樣沒頭沒腦地墜落
不想洪水，地震或山崩

若全宇宙陷入冬眠
相約在多少萬年後醒來
是否個折衷辦法
只是這又有甚麼意義？

舉起的槍管風化了
爭奪千年的聖殿剩下碎沙
連磁場和地殼板塊都改變了
國界與戍守還必要嗎？

有時我想結束這一切
讓所有生命不再渴望擁抱彼此
不再尋求對話或陷進失語
結束和談吧，讓每一紙停火協議失效
炮火與雷聲吸收入海洋深處
讓所有人目光空洞
不再思考公理和正義的問題
能源危機，種族紛爭，疫症和全球暖化
有時我不想

我情願一朵花開出下一輪亂世
好於結束
只是我總是舉棋不定
我負責種花，有時施肥

至於花的命途我管不着
至於人的命途
我也管不着
有時我想簡單地結束這一切
有時我不想

然後

烏鴉飛過窗外
然後是其他

我在房間裏寫詩、讀朋友的專訪
搜尋科研文章、偶爾回到
我的工作崗位，例如擬考題

學生指我的頭髮白了
我確實無從反駁
這年來窗外停駐過幾多隻鳥
沒有人數過
甚至上帝也毫無興趣

人們或者會關心一場戰爭
只是若其曠日持久
他們就會開始關心另一條戰線

頭髮白了之後
該輪到身高還是體重
鳴鳥之後，還有蜜蜂和蝴蝶吧？

還記得有年夜裏
教員室飛進一頭蝙蝠
可想而知曾造成多大的騷動
直至大家撤離
或牠飛走
然後是
其他。

為某個不認識的人而寫

我對此人毫無認知
只知道他即將迎向22歲

那麼他的墓碑上會寫
21還是22呢，這由上帝決定

我不知道他自選的遺物於他有何意義
不是其實我知道

那是個讓他可以看見彼岸的裝置
讓他在俗世中記得呼吸

記得那節奏
在醒時，在昏迷時

不過是一次周末的習泳
潛下，浮上

再潛下
某次睜開眼你就會抵達了

我們尚未前往的彼岸
霧消散，你見的是夾道歡呼

他們跟你說：你來了
就是這裏，此刻，就在這裏

上帝呢，遍尋不獲的上帝在哪裏
他出差了

他去為一個人的墓碑
以及一座城市，雕刻日期

2023
得知某人將逝，只能以詩保守記念。

第五輯

散落

文物散落到其他地方就好
人也是
甚至記憶也是

這是一個散落的時代
教師在講臺上滔滔不絕
口水花向各處散落

上帝也曾經如此
佈置他的子民
像一棵大樹佈置它的種子

若文字無用
何妨散落：

後代如是
口耳相傳的故事如是

壓落

據說一粒沙足以把將斷的樹枝壓落
孩子的話，不夠。需要兩顆：
一顆從肩膊向下壓（左右肩都可以）
另一顆從背後，輕輕一碰

Instagram
Instagram

市谷

又是平安夜
又一次經過報佳音而不停下
匆匆之際我想的是
是否有甚麼必須放下才能夠前進
在瘋喜狂憂的嬉笑與苦大仇深的皺眉之間
才記起其實我早已啞語：
不過是每次在詩集出版以後
例行的沉默

有次夢見自己趕及在關門前十分鐘
走進一場地下室裏的特別展覽
裏面佈置得像法庭一樣
那些我知道的人或我認識的朋友
以等身紙板立着
多台顯像管電視正在播放他們的證言
但是我聽不見任何聲音

「活在謊言中
有時比活在真實中更自在」
那是被稱之為萊頓弗羅斯特效應的現象
我們在熔鉛上滑行了三年而無恙
有時稍感歉疚
然而並不羞於啟齒

我把一齣寫少年自殺的電影看完
對情節和對白幾乎無動於衷
只是最後無法承受
某幾個空鏡頭的留白

平安夜深，多少睡房燈正亮着
我想馬槽到底是一個過於直白的隱喻
還有牧羊人和東方賢士來陪襯
如此良夜好不熱鬧

據說這年的燈飾璀璨不及舊時
我只記得日前教到串聯和並聯電路
問學生若燈飾以串聯連結彼此
一顆燒掉的話有甚麼後果？
全部燈泡熄掉不可怕
八百萬燈泡你不知道該替換的是哪一顆
這才是真正的噩夢

期限將至我必須離開展場
正如器物自有其壽命
唯人們總是用老化的燈泡妝點教堂和教室
總有人勉力向他人祈願聖誕快樂
總有人將報佳音當做使命

我想來想去亦無法理順思路
像在閾限空間裏兜兜轉轉
在找到地下鐵 8 番出口之前
尚餘多少個異象

展場裏的電視機繼續閃爍出無聲的陳辭
或慷慨激昂、或沉穩有力
我害怕的是那些重複的畫面會否突然中止
像我寫過的書
若某一本在時代裏燒掉
像唱聖詩的隊伍中
若有一人必須披星戴月地離開

在那個寒星照耀的夜
同一個地方
有人為世界分娩
有人在漫天炮火中死去
沒有誰比誰更疼痛
亦沒有誰比誰更沉默
沉默是今晚的人間
沉默是昨日的地獄、明日的天堂

再世

一雞死
萬鳥齊鳴
但是鳴的還是不是雞？

太陽
是不是我們相信的那一顆
有沒有偽冒的可能？

一座城市
本應足以容納所有的苦難
可是它不夠，它溢出

溢出了的
就立即氧化
在別人眼中就不再苦和難

像一隻轉世的雞
用一萬隻鳥的嗓門鳴日
到頭來換不回城市哪怕只是一道明日的晨光

無題

我看見蝴蝶齊眉低飛
我看見熔岩吞噬村莊

我看見一隻渡渡鳥幼雛
涉過冰川煮出的水

我在寂夜到了最深的碼頭
看見整裝待發的船艦

我在暴雪翻飛的紐約唐人街以南
透過窗花看見昨日之日

那不可留的人和事
以及之後的早晨已經無法被記住

我看見格拉斯哥的亡者之城
在風和日麗的午後

卻苦於無法將那裏死人的歌聲
用維多利亞時代的腔調書寫下來

對不起，我只能看見一切的陷落
只能看見塵埃截取晨光而揚起

而無法留得住一行逆走的漢字
或一本從烈火中凝結的書

珍々堂

2024

每一個夜晚都在向明日咆哮卻不被聽見
每一條街都痙攣而人照樣行走其上
我們大概正活在這樣的一個時空，而書
世界之書翻來翻去，都揭不到下一個章節

不是星宿改道或水的逆流
不是風的切變或人們在流散
這一切都不過是掩眼法而其實無所暗示
即便是火中荊棘，即便是號角齊鳴

當時空被拓印在永恆的宣紙之上
我們孜孜地尋找血與墨的流向
像在火星表面尋找古代的河水刻痕
天使說：你們還年輕
天使是那深空中的火焰，鳥翼和眼珠
而年輕的人正在一個個死去

如今我們上下求索而不得
我撫摸書頁的殘損之處
像那些根鬚到地，地就裂開
陽光到臨的漂亮房子
一間間燒成焦炭

我們大概正活在這樣的一個時空
大概其他時空裏的太陽早已被后羿消滅
而所有的可能性終須從此時此地滋生
如果仍有滋生的可能

如果沒有，那就是沒有。

souvenirs
GIFT
SHOP
HOTEL
VIANDES ROUG
CRUSTACES

家四題

一

家是一個點
你只知道那不是甚麼
而沒有辦法說出那是甚麼

家是一條線
不，你從來不是畫線的人
你也不是那條線

家是一個平面
以為我想說家居平面圖吧
就不能有別的想像了嗎

所以家就是那個立體了：
「粒子在其中運行、碰撞、向邊界施力」
粒子論源於Democritus，
雖然讀音相似，但是與「Democracy」一詞的字源無關

二
我們討論起姓氏的起源
趙錢孫李、周吳鄭王

然而緬甸人是沒有姓氏的
外人誤把前綴的敬語當成他們的姓氏
凡家中男長輩皆作「吳」

我有一位朋友
他喜歡別人把他喚作哥哥
翻譯成漢語時
卻把他的名字植成了「科科」

讀着他寫於流亡後的詩
我總是讀出一陣輕鬆的笑聲

這樣也好
現在他不在緬甸
他在家

三
與孩子讀着教科書上
「以掃與雅各」的故事
發現那與我的認知完全相反

書中高舉誠心認錯、不記舊恨的崇高價值
而不是為母偏心、奸計得逞的情節
「以撒說：你兄弟已經用詭計來將你的福分奪去了。」

看着一臉狐疑的孩子，我問她
不知道那個年代迦南地方的紅豆湯
是加糖、加鹽，
還是只加水煮出來的呢？

四
「家」不一定是一個名詞
它有時是動詞、形容詞、甚至是量詞

有時，它是一個擬聲詞
但是更多時候
它只是一個符號

當它是一個符號的時候
我們往往要到畫下分離的一點時
才驚覺為時已晚

無數人活到最後
終究是失去了所有的體面
只能夠把「家」畫成長長的線——
或一串向遠方延伸的點

COUTURE THOMAS 1815 + 1879
LES ROMAINS DE LA DÉCADENCE
IGEM 2024

完成式

只有最後一張嘴了
反正已唱到了最後一闋歌

是最後一隻手了
反正寫的是最後一首詩

反正是無人聽、無人讀的
你若喜歡，就去把它們完成吧

最後一隻眼早已流亡
最後一隻耳在彼岸休息

在你唱的時候、寫的當下
手指和嘴唇也正在消失

唯有詩與歌留下來
獻給漫天紛飛的彩帶和塵埃

克萊因瓶

對於我的詩
我可以供出一百種解釋
沒有一種是真的——

如我創造筆下的獅子與羊
即使命名牠們做「獅子」和「羊」
但是只有我真正知道
或者連我都不知道
牠們到底是甚麼

我不知道你的動物長怎樣
亦沒有興趣了解
至於我的獅子和羊
牠們是同樣的：
一樣的形態和習性
一樣的基因
在我的筆下，獅子
就是羊

像我寫過的所有文字
正與反
如造一個克萊因瓶
對於你闖入我的瓶中世界
並作出的指控
我沒有甚麼好說
除了看着你徒勞地
一再降落瓶中
卻始終身在瓶外

像一條迷失在荒野的狗
——「狗」當然是我的創造
並不隱喻任一已知之物——

我的目光可以
穿過透光的瓶子
百無聊賴時
才來看你

測深學

詩是一門測深學
在黑暗中生命蓬勃

擲下一片石頭吧
或一艘軍艦
沒有分別

如同向時空之海
威廉布萊克在他幽暗的畫室
投下一串問號
深入上帝的骨髓
讓上帝得白血病

跳求雨舞
讓海回歸海
有機物壓榨成原油
油彩就此一筆筆抹上去
新生兒或臨終者之額
禮成。

校服中的上帝
向軍服中的上帝宣戰
1939年，潛艇帶着一個民族
向鸚鵡螺星球進發
2023年，有人用詩
試圖複製壯舉

當原子彈落下
當千枚原子彈以試爆之名
宣稱不殺一人
冷卻了
本應發光的
那些發射井
那些睡火山

所以測深學
是詩，當人類忙寫小說
做筆錄，或歌頌（任何人或者神）
有人在2023年
失聯了一整座宇宙
又重新接上

危危乎
核足球舉起，放低
如你咖啡杯

今晨仍有人祭祀嗎？
那片晨光中的海域
人沉下去像一門科學
在那邊廣植松柏
於幽溝裏
種出無際森林

另

我願我活在另一個時代
寫另一首詩
用另一種語言唱歌
哀悼與讚美另一群人
詛咒另一些

我願我仍然心懷希望
我所信仰的神
不管他是誰
始終知悉另一個我
與另一個他自己的存在

我有另一個故事要記下
我曾死於未來
並將出生於過去
我與我終將相見於地獄或天堂
那是另一個地球上的
另一個早晨

無題

上帝，有時我比你
更似是那個可以穿越時代的存在

每一個時代都有一個你
在施行神蹟，或訓戒萬民

但是在所有時代裏只有一個我
在呼吸和寫詩

上帝，若無垠的空間歸你
何妨讓時代屬我

若你終願橫越時代的窮山惡水走來
那起碼我亦有詩

在我身後千年，記載我
等於和應你

或在我身後千年
重塑今個時代中曾經現身和失蹤的你

最後

我們無論如何
都必須在某個地方消耗餘生
是百花盛開的園林
濁浪堆疊的危崖
還是某座學校的圍牆之內
聽新人遊戲他們的青春
聽前面的人離席時拉開椅子的雜音
縱然他們已經小心翼翼
縱然那虛弱的雜音無人記得

記得的是我們必須
歸屬於一個地址，你能否記住它？
即使來時那只是無名之地
去後也恢復成荒原
起碼在我們棲居之時日
我們打掃過塵埃

卡瓦菲斯終身以亞歷山大港的海潮呼吸
曼德爾施塔姆在海參崴
貼向被鏈條刮花的木門去聽列寧格勒梯間的步聲
我仍未為我的餘生命名
那片野地我尚未踏進，還是早已來回千遍？

曾有詩人死在決鬥場上
更多詩人的最後一眼是白色的牆壁和天花
那些塵埃最後怎樣了
刑場上的，監倉裏的，書房或睡房中的
抑或這些塵埃最後只是回到一本詩集裏
在詩與詩之間
撐起一層聊勝於無的空氣？

生計

為棺木打好釘子以後
兩個工人在討論前往下一個地點所需的時間

對於死者而言這只是一項儀式
對於工人來說，這是賴以為生的工作

北辰桥
BEICHEN Bridge
安定路
ANDING Rd
(北三环)
安立路
ANLI Rd

小精靈卡牌

將小精靈卡牌打出去
把傷害點數取回來

現在的學生，卡牌上的小精靈不同了
傷害點數跟我手裏握着的仍然一樣

JUDGE
ATGC
ATGC

夜路

惟旺角深夜如晝
我背着賣剩的詩集走向遠方
小巴站如綠洲
而沿路放下的詩行
我並沒有回去撿拾的意思

新一代的詩人必須學習
如何從卦象辨識改弦易轍的星宿
定位千年以後的銀河

我在此與之告別
意識到我所遺落的
必然比現世的眾生更加長壽

在詩句都風化以後
我想像一隻生活在未來的沙漠蜥蜴
正謹慎地舔食它們的骸骨

說吧，對今夜星空
說出下一部詩集的名字

車窗外的城市此刻銀光閃閃
電台正在播放LMF大懶堂
從主持的介紹猜想他是頭幾次聽
我只能苦笑

小巴在往荃灣的高速公路上衝刺
詩集的名字仍未有着落

記403花蓮地震

面書上盡是藏書落滿一地的悲嘆
起碼朋友們尚算安好
至於書，書比肉身更堅強
除非遇上水，火，或者時代更替
否則都是可以修復過來的

夏

當日子如蛇髮
你應如何趕在臉孔或希望
僵硬成石碑之前
刻鑿好你的生卒？

你應如何以手勢
保存一個文字
或在視網膜留住一幀光影
如時代之遺照
如手術精準的切片

蛇髮蔓行，鋪延城市角落
一切悲傷終結成化石
有時我在噩夢中看見粉碎
有時在粉碎後看見眾生

然而你應如何
為那重生的世界籌措？
難道現在多寫一行
將可動搖日月的盈昃
辰宿的列張

夏
宜擱下因痙攣而劇痛的筆
聽樹上的十七年蟬
早已開始喧嘩

第六輯

穩定

聞訊有人讀我的詩

讀我於這風雨交加的深夜嗎？
我不知道，我只是從病苦中爬起來
渴於水。暴雨環伺於室外
而日未出，近五時，我習慣性地檢查
如這些年來檢查各種漏電和煤氣的可能
有人說，有人讀我的詩

於石室有人讀我也必須無法記得的詩嗎？
於石室有人為我的詩而沉默
我不知道，不過這些年我也從病苦中爬起來
不少次了。聞訊有人讀我的詩
讀那些寫給未來的短訊
還是悼念往昔的片語
還是一系列向無邊的謾罵，還是
純粹寫寫風雨交加，寫寫石頭

石頭可以築牆、可以補路、可以修橋
自然亦可以用於擲人、用於計算槍火的彈道、
用於鑿碑。於這雨暴風狂的黑幕底下
石頭卻一無是處
既無法刻錄一篇紀念真實的詩
亦無法歌唱耿耿星河，
還如何與千萬光年以外的群石共鳴

我仍渴於水，卻學習在沙漠中喘息至今
有時我渴的不是江河大水
尤其當我聞訊，有人正在讀我的詩
有人曾經讀我的詩……

森與山

昨夜路過森記，進店看看
竊聽到家長致電
店員禮貌地回答：不好意思
我們沒有教科書

我有那麼一刻感到可笑
然而立即想到
在十二月尋找教科書的
想必也是個可憐人

電話對頭
一個失望的媽媽
掛線以後，在飯桌前
摸摸兒子的頭：
快點把晚飯吃完
我們還有兩份功課要做

今日我們知道另一所書店
被逼迫到意興闌珊即將結業

不知道家長打過電話給他們沒有？
不經不覺裏
我也為那孩子的教科書事宜
稍微有點揪心。

UA 1775

琴

我不會告訴你我偶然想起哪些人
他們多數寫詩，少數不寫
都在遙遠的地方了
有些在天堂，有些暫時留在地球上
像我一樣。
他們多數不快樂
可能是詩的緣故（該死的詩！）
也可能是其他秘而不宣的原因
（該死的其他原因！）

那些名字我決心是秘而不宣的
當然，寫詩或不寫詩
若說是該死的，按理都說不過去
偏偏很多人就這樣過去了
拉着一把長長的文字
像一把長長的琴弓
（用尾毛造的那種）
偏偏就這樣拉盡了
俗稱為壽的那把馬頭琴

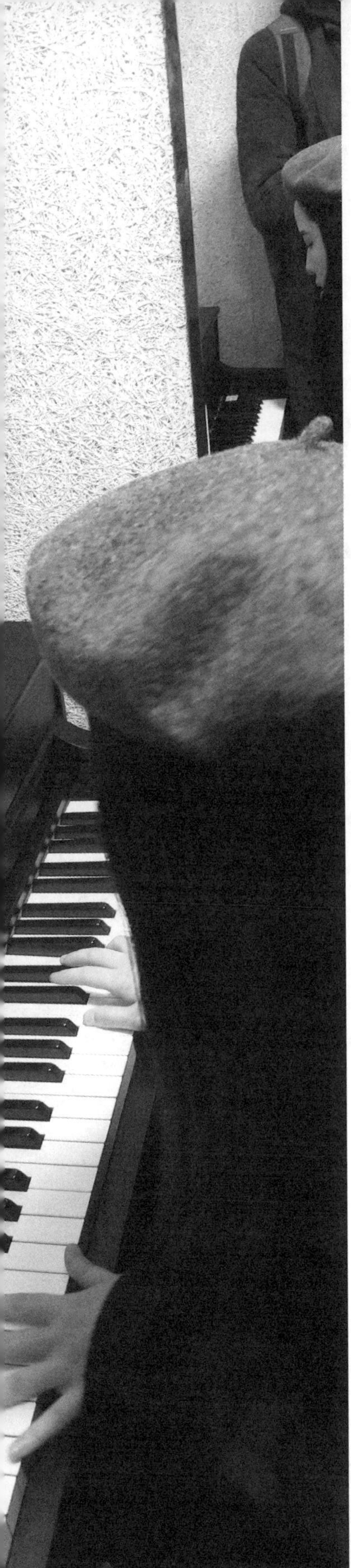

沒有哪匹當跑或跑不動的馬該死
亦沒有在哪個宇宙裏
我對他們名字的記住有甚麼意義
該死的多重宇宙！今日
我在科學課堂上，偶然提到了死亡

死亡是教育最大的驅力
不過於他們，此認知時候尚早
我沒有發表意義不明的偉論
只是告誡他們珍惜
人生在世
不過我想，其實這亦是太早了

他們終究會明白的
關於詩，或者馬頭琴

馬頭琴是蒙古牧人們用心愛小馬的骨頭製造的。

夜

1.
在凱旋門參觀後
我忽然發現錢包消失了
當下六神無主
與導遊四處尋找
最後在自己的行李中發現
原來是收拾時丟進去的
好在是虛驚一場

2.
就在我來法國之前
相熟的編輯邀稿
請我為以巴衝突寫一首詩
我正在忙着批改測驗卷
至於詩
期限未至
就留待在巴黎才寫吧

HONG KONG
8005 MILES
PRAIA
3393 MILES

3.
以巴衝突
事實上我有甚麼資格去寫呢
忍不住自我質疑
我們憑甚麼可以書寫
別人千年的仇恨與悽戚？
難道說一句
我們是為人道而寫
就可以了嗎

4.
在前往凱旋門的旅遊巴士上
我看見一對敘利亞夫婦
向在交通燈前苦等的車子逐一舉牌
我知道他們是敘利亞人是因為
這是牌子上我唯一認識的字

他們舉牌，面帶誠懇地微笑
向司機說幾句話
走向下一架車
舉牌，微笑
在那短短一兩分鐘的觀察裏
我一直思考着
寫詩資格的問題

5.
當時我尚未經歷
以為自己遺失錢包時的失神狀態

在跑回凱旋門找職員期間
我不斷反問自己
為甚麼會這樣
明明已經非常小心

然後我向導遊苦笑
說：沒關係，錢不見就罷了
那個可以證明我存活的
叫做身分證的小卡
失去亦罷了
起碼存活我生養我的那個地方
沒有從此消失

或許沒有吧？

我又想起了
那對年輕的敘利亞夫婦

6.
五年前，我曾經帶學生參加過
同一個生物科技比賽
那次在波士頓
在機場苦等回程的直航飛機時
我在送機大堂看見一個
似乎來自中東的家庭
正在道別他們的父親／丈夫
三人擁抱，
小女孩一直依偎着母親

我心血來潮舉機拍下這一幕：
他們踩着的地板上
是一張巨大的橢圓形世界地圖

國際機場繁忙
站在這世界地圖上送別的人
每分鐘都在轉換
我若不是拍下這一個家庭
就會拍下另一個

為了這張照片
我一直想寫一首關於辭別的詩
關於人的流離與守候，關於時間
然而我沒有把詩寫下
因為
難道說一句
我們是為人道而寫
就可以了嗎

connecting you to the world
Women
GERMANY
TRAVEL+LEISURE

7.
一星期前有學生問我
「你支持以色列，還是巴勒斯坦？」

我告訴他
我曾經認識以色列的詩人
也曾經認識巴勒斯坦的詩人

我愛他們

8.
期限將至
我必須下筆
去寫一首關於以巴衝突的詩
然而我可以如何書寫？

是去想像炮彈炸燬醫院的畫面
還是還原荒野屠殺的情節？

是去把歇斯底里的悲愴紀錄下來
然後關掉床燈，
迎着巴黎夜雨
去沖一杯滾燙的意式咖啡？

9.
一個中東女人，38歲
在巴黎市中心的地鐵站口
高嚷真主偉大
並且做出威嚇宣言
趕至的警察擔心公眾安危
把她槍擊至重傷

兩日後
我們在前往奧賽博物館的途中
在這個車站轉車
天氣陰冷，風雨橫吹
學生的雨傘幾乎被吹反

10.
及至參觀結束
天空中的密雲已被金色的陽光鑽破
自由行動時間
我獨自在博物館外的塞納河橋上觀光

一位學生也在拍照
我告訴他詩人投塞納河自殺的故事
不小心把保羅策蘭掉包成普里莫萊維
雖然後者亦確實是墜下而亡

11.
在塞納河上自殺死去的
還有那名1880年代末的無名少女

後來她的死亡面具成為藝術品
甚至變成心肺復甦訓練時的人偶：
復甦安妮

關於悲劇凝視與挪用
關於獵奇和神秘的着迷
幾乎與人類的苦難本身同樣古老

12.
策蘭跳下的橋
正是阿波利奈爾筆下的米拉波橋：

「Vienne la nuit sonne l' heure
Les jours s' en vont je demeure」

如今我們閱讀阿波利奈爾和保羅策蘭
以各種人間的語言

策蘭的故事家喻戶曉
卻被我誤植成萊維
兩人的背景不同
然而經受的苦難何其相似

倒是普里莫萊維中心的確位於巴黎
那是一個支持逃亡到法國的政治難民的組織

1946年，萊維在給薩繆爾的信中寫：
「我們是見證者，我們承載其重」

保羅策蘭卻在詩中寫：
「沒有人為見證者做證」

13.

若我的隨身之物消失
誰可為此見證？誰有資格去書寫
我的消失，我的城的消失
我的命運的消失？

導遊說，若真的被偷去
他們通常只要錢
錢你就別指望了，至於錢包
在附近的垃圾箱找一找
或有所獲

所以我挨個垃圾箱張看
伸手探索
像流落巴黎的政治難民一樣翻攪
我記憶中的城和命運
所以現在我清楚告訴你：

凱旋門樓頂有兩個垃圾箱
每邊各一

14.
我的巴勒斯坦朋友和以色列朋友呢
還記得多年前我們傾談甚歡
巴勒斯坦詩人還為我翻譯了一首詩
以阿拉伯語在線上發表
以色列詩人為我介紹她的隨行朋友
是一位醫生，原來亦是作家

最近我想跟他們聯繫
沒有回音

凱旋門下的無名烈士墓
不滅之火猶在穿門而過的強風中
搖曳着火舌

15.
〈米拉波橋〉被翻譯成無數個漢語譯本
我曾在課上帶學員圍讀其中兩句
並且問他們最喜歡哪個譯本
「你支持這個譯本，還是另一個譯本？」

「夜來臨吧聽鐘聲響起
時光消逝了而我還在這裏」

徐知免這個版本最得我心
但顯然學員們各有所愛

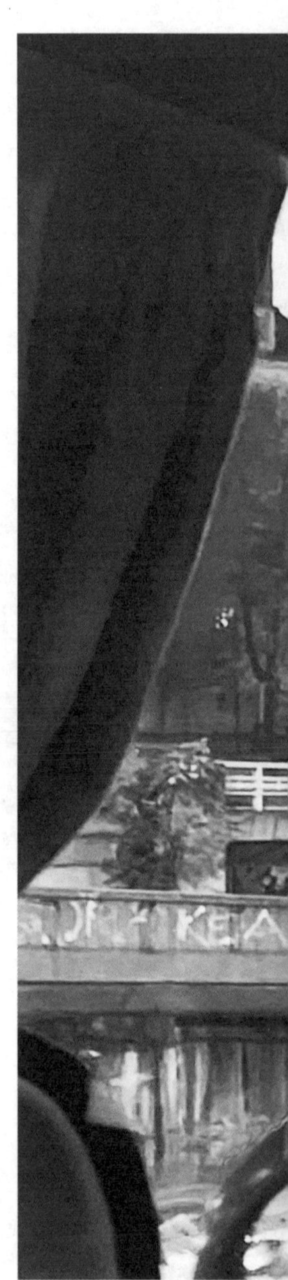

16.
而其實無論哪一個譯本
還是來自於阿波利奈爾同一下心碎的聲音

無論我們如何以相異的語言
傾訴愛慕或詛咒
亦只不過是
巴別塔倒下的同一聲巨響

至此，我可以執筆書寫了嗎
某些炮火，或另一些悲哭？
或詩人墮樓、或投河的回聲
或那個38歲女人以死相脅的高呼
或敘利亞夫婦向陌生人展露的笑容
或我認識的幾位作家在那年詩歌研討會上的疾言厲色

17.
不，我甚麼都不想寫
經過這麼多年以後
在我自己也走過一些不堪的日子以後

到頭來我想寫的
竟然只是我拍下照片那一刻的心情

真的，真的
就只是三人家庭那一場
持續了不知道是一分鐘還是一生的相擁
在世界地圖之上

18.
在世界地圖之上

夜來臨吧
聽鐘聲響起

時光消逝了
而我

還在這裏

這裏。

歸忘鄉

多少歲月不歸才忘得了鄉
多少人和房舍永遠歸還困難

一

所謂「歸還困難」的土地
曾經是多少人成長和老死的地方
如今你尚未走近
手中的蓋革—彌勒計數器
已經不安分地響鬧

二

地上的標識觸目可見
一隻松鼠捧着果子悠然躍過警戒線
你不是松鼠，手捧之物比果子輕
你站在馬路中央，看着風吹過新草
反正早就無車出入

三

多年以前我認識一個寫作的年輕人
某日圈子裏傳出她失蹤的消息
據說是離家不返，自此消失

最後一次見她
是新聞裏的警方尋人公告
後來再沒有人提起
我一直默默記住，但是多年過去
我承認已經遺忘她的名字

四
在這首詩的這個位置
我刪掉了很多疑問和反問句
因為並無入詩的價值

衝動的詞語和句子
在我的顱內形成、吹襲、消散
現在剩下的
卻只有一副爬滿鏽跡的鐵架
撐住一張少女的臉的輪廓

五
2011年，海嘯奪去一片東北海岸
核輻射奪去剩餘的
刪去了姓名、戶籍、家族故事和傳說
還剩餘些甚麼
是一首流於雕鑿的長詩
一座座空洞的市町模型
還是一張虛構的臉的輪廓？

六
關於「臉的輪廓」這命題
我確實曾書寫過

多年前緬甸詩人訪港
我們在酒店通宵論詩說事
飲酒、朗誦，然後擁抱哭泣

（沒有甚麼好尷尬的
為緬甸和香港而哭得胡裏胡塗
有甚麼好尷尬？）

早晨我醒來
看着窗外的沙田山水和火車
借詩人編的緬甸年輕詩人詩選的書名
寫了一首叫做〈骨將鳴〉的詩

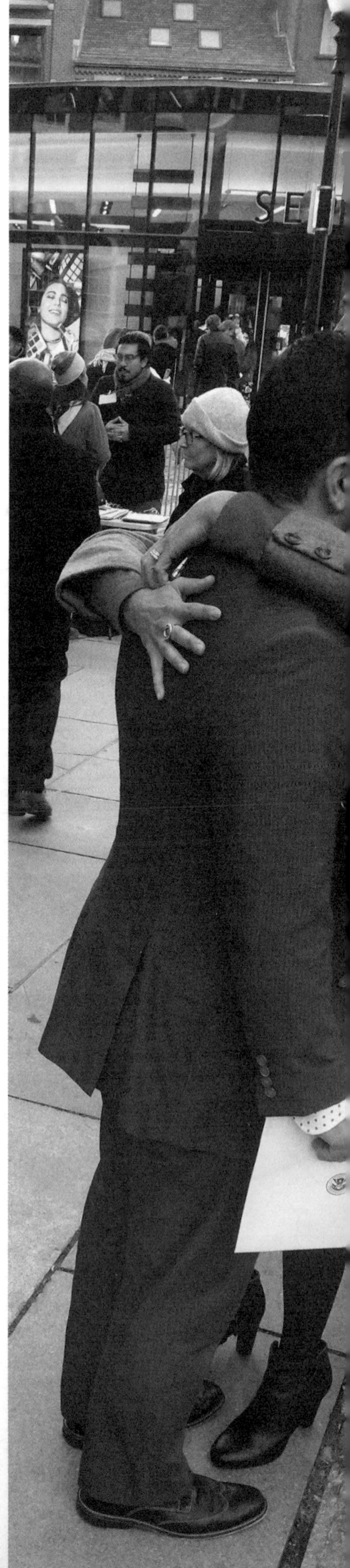

七
那是一首關於失蹤和重現的詩
那是一首關於遺忘與記憶的詩
關於一張人類的臉孔
如何從犀角燃燒的煙霧中升起

2013年，我努力地即時翻譯
把剛寫好的詩朗誦給詩人聆聽

詩人在香港的最後一日
我們前往萬佛寺參觀
他的太太是虔誠信徒，他則聳聳肩
自豪地唸出一行精彩的詩句

原文我忘了（不敢不忘）
大概是對所謂精神原鄉的戲謔
與某種偉大價值的溯洄

八
〈鮭，垂死的逼視〉
則是洛夫對其一生的溯洄
他在詩裏寫：
「死亡／或可稱為／另一種形式的遺忘」[1]

我想像無法回鄉的鮭魚
在太平洋水流的沖刷中昂首問天
在無岸的大河上空
星光閃爍

洛夫在加拿大的雪樓寫下這一行詩的時候
湖南的大雪下夠了沒有？

九
我訪問過洛夫
2016年紀錄片《無岸之河》在香港上映
這時他的《漂木》已經出版多年
我始終追問他〈石室之死亡〉的種種

他教我如何在眾目之下書寫
湖南話的口音不容易聽懂
當時我聽明白了一半
幾年來我沒有重聽珍藏的錄音
現在卻竟然也明白了剩下的一半

十
如今故人別去了
比起他每一首以遠行為題的詩
都行得更遠

十一
至於《漂木》
幾年前接手管理圖書館時我就買下來
始終展覽在當眼處
卻不見人捧起來翻閱

這樣說吧，畢竟時候未到
他們畢業了，或者隨父母移民
那輝煌的時刻在遠方
永遠不來，或者隨時來臨？

我唯一的責任是好好守護這些書
以我餘生

十二
我認識另一位緬甸詩人
早就流亡到晝短夜長的國度
偶爾送來問候
也問我們何日重逢

記得那年在香港見面
孩子剛剛出生
我讀出來她的外語名字
詩人乍聽就「哇噢」一聲
幾乎只有詩人才懂得的一個名字
像一句華麗的暗語

我們啤酒相碰
抬頭是深秋的夜幕
只是人在香港
既不冷、也無星

十三
「夢裏不知身是客，一晌貪歡。」[2]

十四
讀書時代啟蒙我寫詩的老師退休了
年前校慶我把詩集帶去，等不及她出現
唯有把書交托給在禮堂打點的學生

後來有日，在異鄉生活的同學告知
他與老師在香港人市集重遇
原來在退休以後不久就移民了
她在攤位賣書

攤位中展覽着我送的詩集
詩集與我孩子的中文名字同名
取自詩經：
「菀彼桑柔，其下候旬。」

十五
不得不提林老師鼓勵我寫詩的經過
那是2002年的復活節假期功課
她建議我們選一張新聞照片
寫一篇新詩或者是散文

世貿被襲擊時新聞急報不絕
我第一次被迫用正眼觀看這世界
直到假期功課的出現
讓我萌生出要將這困惑書寫下來的衝動

十六
飛機鑿穿的牆洞
被我聯想成隕石撞擊月球造坑
那時某位同學交出的詩寫的是以巴衝突
照片中的人被子彈貫穿身體

我至今不懂的是為甚麼這些孔洞必須形成
在人身上、在人類文明的地表上

十七
後來在世上無數圖書館的書架上。

十八
我忍不住問自己
寫詩是否正在妄想可以補回去這些洞孔
真實的、讓人悚目的流血洞孔
這行為是否徒勞無功
又是否合乎道德

十九
關於《溯洄》
勒內・夏爾在呂貝隆山區發現了甚麼
重遇了誰，以致他覺悟到
在這場龐大的詩的危難之中
他必須為這揉進人類麵糰的一撮絕望而書寫？[3]

二十
詩人在我出生幾年後死去
亦因詩對其死亡之盜竊[4]
他必將在我和每一個詩人死去以後重生

二十一

因此在世紀的烈火中，他宣告：
「詩中的每一個字應當以其原意被利用。
一些字脫離原意而擁有多義。一些字健忘。」[4]

我偷偷背誦這一節
來自勒內・夏爾的詩〈火燒圖書館〉

二十二

2023年冬天
我帶學生去巴黎參加比賽
在巴黎植物園外一間舊書店尋寶
在琳瑯滿目的法語詩集中
買下了勒內・夏爾的《溯洄》

書店裏的詩集排列整齊
幾十年來都是如此嗎
在納粹佔領時是否也焚燒過一些書
藏起了另一些？

二十三

里爾克在植物園對視過的那隻豹死去後
仍踱步在他的詩行之間
我在同一個籠子外追蹤豹的巡邏
學生看我模仿着豹的步姿
其實我模仿的
是年輕時為羅丹工作的里爾克

「對他來說只有一千條鐵欄杆
一千條欄杆後面的世界並不存在」[5]

二十四
警戒線到底是畫給誰看的？
是否唯有多義且健忘的字可以跨越
甩下可憐的詩人如我
你們去吧，去還那片寂寞的原鄉

像鮭魚闖向無明的禁地
像寫豹的那個詩人在城堡中與天使對話
像失蹤詩人於我的詩中形銷而骨立
即使她寫過的詩已無人讀得

准我朗誦——
像流亡者那樣以母語向異邦人朗誦他自己的詩

二十五
2018年，那年的世界與今日相似
我曾帶學生往波士頓參加同一個比賽
並相約負笈美國多年進修音樂的舊生見面

我們在大會堂門外見證着
人們歸化入籍後
在廣場上跳舞慶祝

二十六
沿着自由之路走上一小段
我們在遺址的商店發現美國獨立宣言複印本
想到淘寶也買得到而且更便宜
我就放棄不要了
後來卻實在提不起勁去網購

二十七
傍晚我和學生聽她的爵士鋼琴
邊彈邊訴說她離開香港以後的故事

錄音室外此刻冬風凜冽
回去比賽會場的街上飄散大麻的氣味

我告訴學生們我記得這氣味
在柏林、在布拉格的街頭
傳說有時候也在廟街的暗處

二十八
（比起疑問句
我在這裏刪去了更多

而這一切都在空行裏以空白呈現）

然而准我朗誦的話
我仍將讀出專屬於這個世紀的哀歌
比起里爾克和黃燦然
我讀的是一篇空白的哀歌
不為上而寫
不為下而書
不為眾生朗讀

二十九
2004年在紐約讀書
從下城區散步至世貿大廈遺址
我在鐵絲網後面俯瞰

碩大無朋的地洞已被整平
有工程車自斜路來回
暴露在陽光底下的地下鐵在洞底穿梭

我站在用廢棄鋼材搭成的十字架底下
大概就在那個時候
或者在更早以前
我已經開始了這首詩的書寫

三十
東日本大震災後十年
大熊町從重創中一點點復原

當地種植的五百万石清酒米
被運送到会津若松市的高橋庄作酒造店
釀出來的純米吟釀酒
被稱作「帰忘郷」——

「將難忘的感情化作報答
不忘家鄉、不忘牽絆」[6]

三十一
關於流離與回歸
關於突如其來並且無可預知的訣別

我甚至不確定有沒有
下一次書寫的理由
——或者是自由

我不在書寫的時候
會去點算行進中的長詩的剩餘字數

在那盛大的秋日裏
最後的晨光必將陷進待摘的葡萄深處
是的，里爾克早已預言：
「誰此刻孤獨，就會永遠孤獨」[7]

三十二
洛夫告訴我他正在寫一首新的長詩
如果我沒有聽錯，詩叫做〈我島〉

萬一我聽錯呢？

萬一我必須忘記
像我也忘記了自己那無數首
曾經顛倒晝夜嘔心瀝血寫出過的詩？

我始終記住洛夫對我的提醒：
寫的詩那些人無法讀懂
他就一直寫下去

到了現在大家懂了
但是那些人已經沒有辦法了

三十三
一些詩集
在我正守護的圖書館的書架上

也藏在這首詩裏
我的藏寶工夫日益進步——

三十四
以前他們只讀取我的詩裏面的詞語
因此現在我寫詩時不會再提供可被他們利用的文字

「我就一直寫下去」

三十五
所以我要朗誦的哀歌
一如我寫過的每一首詩
它們終必指向我自己、回歸我自己

上游之初是一無所有的遺忘
而遺忘是最大的寄存
有人稱那個地方為「鄉」

三十六
那必然是一個洞孔
唯有洞孔可以讓光流入
唯有光撫摸萬物
才呈現自身的輪廓
唯有輪廓出現
鐵欄杆前才可以有一隻無中生有的豹
或威廉・布萊克的一頭老虎

在這誕生的隧道外
詩人必然要對抗所有亟欲偽造洞孔的
古老的敵人
他們不斷用火焚燒
用鋼鐵的雨滴轟向地表，不斷產生
在洞孔中產生更多洞孔
用語言、用剪刀、用權力和規章

三十七
這些古老的敵人懂得唱你的童謠
甚至懂得模仿你寫詩

他們正在學習你的暗語
並且知悉每一條通向禁地的歸路

是，他們首先禁止的是回去的路徑
或令回去的路變得荒唐可笑
所以我必須不斷創造

所以當有人不知是誇讚還是嘲諷我寫得快的時候
我總是報之以苦笑——

因為還不夠快、不夠多，遠遠不夠

三十八
甚至「書寫」已經太慢

三十九
／

四十
當太多創傷無法處理
連「無法處理」本身也演變成創傷
那些應該回到原位的音符
永遠懸擱在完結之前的高音

那麼你會重新書寫嗎？
在經歷長時間的失語之後
去為了那些無法回鄉的人，譬如你自己

只是對於你的孩子來說
從來就沒有甚麼事情「無法處理」
除了他們那些對現世充斥怨懟的父母
那麼，一首令人哀傷的曲子應該停頓在甚麼地方？

四十一

不是一本護照、一張通行證可以了事
北島曾經說過，他心中的北京已經不復存在了

這就像是截肢以後的幻痛
我的意思是，當人失去了原鄉的某一部分
割斷的部位已經不存在了
而傷口亦已經復合

無論如何痛徹心扉，那都不是現實的
卻是無比真實

有人會因為幻痛而死嗎？

無數人包括北島似乎也曾經思考過這道老問題：
有人會忘記自己的鄉音嗎？

四十二

我在日本與一位詩人相遇
她離鄉有三十年
在外國結婚、上班、寫作
是那種非常純粹地坐在書桌前的考據與書寫
偶然也會歎息、打瞌睡和伸懶腰

如此安安靜靜地度過了三十年
她的書用日本語寫成
關於不死者們：
那些留守原地、或藏身異國、或已經魂歸天鄉的人

（他們正在做甚麼？在炎夏夜裏
吃過飯、收拾碗筷，喝一瓶冰涼的啤酒
若仍活着至今——）

四十三
奈何日本語裏的漢字實在太多
為她的新書增加了讀者

她的父親臨終前規勸她：
別回來了、別回來了

因此她就成為了自己筆下所寫之人當中的一員
或者純粹是某種具現化——

「寫詩的人，無不在流離」

四十四
今年夏天我帶孩子爬金刀比羅宮
在幾近中暑的狀態下登上１３６８階的奧社
美麗的讚岐平原一覽無遺
途中我們經過９７４階的菅原神社
供奉的是平安時代的偉大詩人菅原道真

疫情爆發那年我與四元康祐合作寫連歌
他引用菅原道真的詩
菅原道真被藤原時平的讒言所害
被貶至九州且含恨而終
後來更有「清涼殿落雷」的傳說

我以誰的文字與之唱和？
似乎唯有李後主的天上人間
接得上無數詩人們的處處無家、處處鄉

四十五
四元康祐從廣島到美國、從美國到德國
如此活過他的半生
我沒有問他「哪裏才是你的原鄉」
想來也沒有詢問的需要

因為我自己也知道答案了

四十六
後來我每到一座城市
就去會見一位寫詩的朋友

這是無數詩人說過的話：
「我的宗教就是詩」
「我為詩歌生存至今」
「我向詩山溯洄」
「除了詩歌以外我一無所有」
「各種語言的詩匯流之處乃人類的原鄉」
「我自詩歌而來」
「我就是詩」

所以後來每到一座城市
我們就會見面

這是一種古老的儀式
像某種召喚術
我們召喚語言、召喚原鄉

四十七
我們書寫，
或抄錄死去之人的詩句
我們朗誦，
或代替他們讀出他們的詩歌
我們翻譯，
為活着或死去的詩人射出穿越之箭
並相信勾着詩幡的箭終將抵達遙遠的土地

或許無處為家
但我們的以詩歌闢出的疆界即為詩人的原鄉

四十八
是誰阻止我們返鄉？
是逼迫與封鎖
是死亡和創傷的威脅嗎？
是剝奪與恐嚇
是嘲笑與鄙視嗎？

「聖人不死，大盜不止」[8]

若沒有文字了，我們口耳相傳
若人類消失
我們對牛彈琴、向月高歌

四十九
若必須啞口無言
我們還有手勢

即使手勢被取消變得無效
我們的心仍然存在

存在本身即為詩

且心之存在自誕生以前、
心之存在於寂滅以後

在玄黃未分之際
宇和宙的洪荒即為詩

五十
在走向原鄉的千載以前
或無盡地漸近的萬年以後
我們手中的蓋革——彌勒計數器
永恆地響鬧着

如此響鬧即為詩

歸去即是寫

忘不了是譯與讀

鄉即是詩

註：

1. 洛夫〈鮭，垂死的逼視〉，來自長詩《漂木》
2. 李煜〈浪淘沙〉
3. 引用勒內・夏爾的詩〈Mirage des Aiguilles〉，來自長詩《Retour amont》，原句為：「Ils ne poussent dans leur four, ils n'introduisent dans la pâte lisse de leur pain qu'une pincée de désespoir fromental.」
4. 引用勒內・夏爾的詩〈La bibliothèque est en feu〉，原句為：「Dans le poème, chaque mot ou presque doit être employé dans son sens originel. Certains, se détachant, deviennent plurivalents. Il en est d'amnésiques. La constellation / du Solitaire est tendue. / La poésie me volera ma mort.」
5. 引用里爾克的詩〈Der Panther: Im Jardin des Plantes, Paris〉，原句為：「Ihm ist, als ob es tausend Stäbe gäbe / und hinter tausend Stäben keine Welt.」
6. 引用「帰忘郷」的宣傳口號，原文為：「忘れぬ想いを帰望に変えて／故郷を忘れず、絆を忘れない。」;「大熊町の大川原実証田で栽培された酒米(五百万石)を活用し、会津若松市の「髙橋庄作酒造店」にて醸した日本酒です。」（kibokyo.com）
7. 引用里爾克的詩〈Herbsttag〉，原句為：「Wer jetzt allein ist, wird es lange bleiben」
8. 語出《莊子・胠篋》。

最後一課

時候到了
我們對這片海唱的每一首歌
都不會被放過

當所有應該失憶的都記起
當所有遺去的都拾回
我們終究跳過一個又一個火圈
而未成灰

然而海以及波的羅列
那只是一劑止癮藥
當你喝而不渴，當你想而不忘

一

所以我寫信給你，我的女兒
你熱愛小提琴，閱讀，探險和啼哭
反正我遲早會給你上最後一課
但願那是歡笑聲和嬉鬧
但願課後你雙眼中有靈魂綻放的火花

你不需要記得課上我說過甚麼
忘掉我的樣子和聲線也好
真的，那都是無關痛癢的事

重要的是，你的琴拉得愈來愈好了
走音少了，節奏快了
我很羨慕懂得玩樂器的人
我只能吹口琴，這三十年來沒有誰
可以與我合奏
我記得在紐約的那個大雪夜
我在昏暗的房裏吹口琴
吹的是甚麼歌呢
孩子，那年離你的出生
早了十三年，也就是陶淵明說的
誤入塵網中，一去三十年

你將會讀更多書，所以
你或者會在世界的某個角落
找到我塵封多年的舊作
在那個時代和地方
這些書輕飄飄得不會把任何人擲傷
若你去讀
你就是我在世上的第一位讀者
與最後一位讀者

不過你實在沒有去讀它們的必要
因為我的詩不等於我本人
我本人不在了，等於
一切都已經完成，秋天的生日
冬天的消失

二

所以我寫信給你，我的學生
或者在你們心目中
我是必須去除掉的存在
正如真正讓我成長的
是我的老師們的永遠離席

他們用離開成就了我
而我的離開是否可以成就你們

我立志教育學生
是因為我知道人生終極之必然與必要
一輩子做得最積極的一件事
不是對抗這終極
而是讓訊息從一個終極
穿過突觸間隙
直至抵達另一個終極

而我的轉世將成為你們的學生
而你們的轉世又將成為他的學生
人類的文明是一條神經迴路
從指尖通向大腦
然後回歸永遠燦爛的星辰

來到最後一課了
你們學習到的
不是知識，不是智慧
不是仁愛，道德或正義
而是歲月，而是永恆和一天
而是希臘國境上那一班安靜的公車
繼續擺渡
向某片只有雛鳥鳴唱的天空

TRUNGPA
BURROUGHS
ITALO CALVINO
$3 Each
Books with
Orange Sticker
Please Pay Inside

三

所以我寫信給你，我的友人
你終於走上更值得的路了
我從來無力協助，只能默默支持
一切純然是你憑天分和努力換來的

別人並不知道
那些消失的日子你獨自努力工作
努力走下一條無人想像得到的窄路
為甚麼那麼多的誤解
那麼多的苦澀？
你唱的歌沒有人聽得懂
你畫的畫被當做胡塗亂抹

你這顆流浪的行星
終究只能在異世界自轉
我穿過重力透鏡觀看着千萬光年以外
在光與影的折疊之處
在極寒地裏
你獨自起舞的身影燦若彗星

所以這最後一課
終究會是你給我上的
關於白鴿飛，關於八時半的日出
關於萬里無雲，而你轉身
當窗外有車流過
你的轉身構築成了美學的永恆

所以這一堂課無關生死，無關道德
它始及終於同一瞬間
它是宇宙一切重量的總和
我記得深夜裏米拉波橋上的鬼影
他是否悄悄地跟我一起朗誦過
關於鐘聲，關於沉默
一些迎拒，一些低頭

當你瞇起眼睛後退
我看見宇宙正在塌縮的風景
那是否如一場失敗的戀愛般美麗
或後來那遍野的鮮花般哀傷？

四

所以我寫信給你們，我的老師
你們離開很多年了
這些年我也斷續寫過一些關於你們的詩
甚至得過文學獎項
甚至有人讀過
在這個沒有人關心
另一個人的時代裏，起碼讀過
我的一些關心另一些人的詩

但是我又能再寫些甚麼呢？
自從你們走了以後
我老了，但是我的心拒絕老下去
現在已然成了尷尬的存在：

我一個人站在課室裏
有時站成了你，或者他
當學生（偶然）看向我
他們也就同時看穿了我，而是你
或者他，是你們
又重新執起了咪高峰和筆

至於我，已經沒有甚麼話未說過
也沒有更多的話可以說了
我的存在已是一具枯槁的骸骨
生物實驗室裏的那一具
不論你們稱他做湯姆，保羅或約翰
他就是我，用虛構的眼珠
繼續凝視實驗室裏的人和事
用虛構的記憶
在上過你們最後一堂課以後
我又臉不紅氣不喘地
讓你們為我補了很多很多年的課

五

所以我寫信給你，我的過去
還記得媽媽拖你走過新城市廣場
不那麼人頭湧湧的區域
那邊曾經有鐵軌和小火車
我們有乘搭過嗎？
實在記不起了，只記得
在樓下的八佰伴你走失過
「站在原地」，媽媽教過你要站在原地

那麼當你站着
我就原地長高然後生出皺紋了
在我周圍的人影不斷呈現又消失
你看盡這一切
就像每一個早晨到日落
都是你學習失去與默哀的最後一課

所以你從小比別人安靜
甚至格格不入，你是那個特別
笨拙的孩子，就像我從這邊回望過去
總是帶着憐憫和不捨

而在我憐憫的當下
過去的天邊早已鋪滿了彩霞
我不捨的
每一件無可忘懷的小物和小事
都正在全速後退着，遠去我
我極目我這世界的盡頭
到處都是不斷擴展開去的寂寞與悲傷
小石落水時
甚至連那一泛一泛的漣漪
都不顧回頭

六
所以我寫信給你，我所愛的世界
有時我恨你

我恨你無情
恨你運轉如常，而氣候
正在無聲無息地改變，冰川消失
我恨你容許導彈降落在醫院和學校
明明只要減速一點點
死亡就可以避免
我恨你容許那麼多人安然睡去
同時有那麼多人驚醒
容許天黑時
一些沒有名字的人孤零零地死去
天光時，又孤零零地復活

若有上帝，上帝你愛這世界嗎？
這世界恨你有時
忘記你有時
如果你來與我互換身分
你也會為了去愛她
而去練習寫信嗎？
上帝的字，潦草嗎？
當寫到愛這個字的時候
你會堅持用希伯來語
還是勉力學習
這個字的俄語拼音，漢字寫法？

啊，巴別塔沒有了
想當年
是誰鬧的脾氣？

七
所以我寫信給你，指控我的人
必須說明我不恨你們
因為我怕你們擔心我心存恨意
不會的
我寫詩，寫詩的人是無法懷恨的
所有仇恨都是嘴上說說而已
寫詩的人
只會懷愛

也不是不懂恨
寫詩的人唯一會恨的人是自己
恨自己愛不得，愛不到，愛不夠
所以一個真正寫詩的人
無法真正讀詩
因為詩裏面總是太多愛了
真正寫詩的人
早已被這些包圍着
早已被悔疚，悲傷與哀愁咬食着
這些不是愛的代價
而是愛的本質

所以，指控我的人
你不知道自己拯救了我
因為我終於感受到
存在，甚至活着，甚至得見世界的縫隙
有光穿進
像蜘蛛織網，我在網上獨行
發現宇宙另一邊的風景
有我所愛的人眼睛在閃爍

八

所以我必須寫信給你，當下的我
執筆中的我，我必須對自己更加誠實
我欺騙了世界一輩子
只為了欺騙自己
欺騙自己一生
也只是為了瞞過這座人間

即使是上帝也無法分辨
哪一個是真的我
每一日都有一個我走過同一條路
愛上所有路上的行人
每一個人都成為我愛而不得的虐戀對象
每一個人都是上帝的化身
但他不慈悲，也不怒目
上帝只是困惑，困惑於他竟然看不透
那些重疊的身影是我
還是另外的我

我就這樣永遠浮泛於人間
我所觸碰的痛苦
到底距離痛苦的理型有多遠
而我所謂的那些泛濫的愛
到底又距離愛的理型
相隔多少重地獄
或天堂？

我曾經以為
當下的我是所有的我的一個權威的截面
直到某刻我發現
萬一當下的我已經是所有的我
重影之處別無他我？
那麼我又如何可以面對這樣的存在
這樣如永恆的時空之海的悲傷？

上帝，你創造了偉大的智慧
我負責結出痛苦
當下的我就是這棵智慧樹的化身
而萬一你即將放棄上帝的資格
難不成你要求一個詩人代替你？
代替你去死，代替你去復活
然後升天
你何其殘忍，以馬內利
你何其殘忍。

九

或者我必須寫信給你
那個在時間洪流中奮不顧身的你
永遠不去計較湍流有多急
而總是向前游過去
像後面已沒有岸

我不確定現在的你到了哪裏
但是你必然已經看見
傳說中那片霧外的天際與山色

那麼我的信該如何傳達呢？
我所懷念的人，如今可會知道
如何去讀這
拋擲向時空之海的瓶中書信？

若它必須漂泊百年
百年以後，可會在彼岸被敲碎
可仍有人讀得通這上古的語言——
冬雷震震夏雨雪？

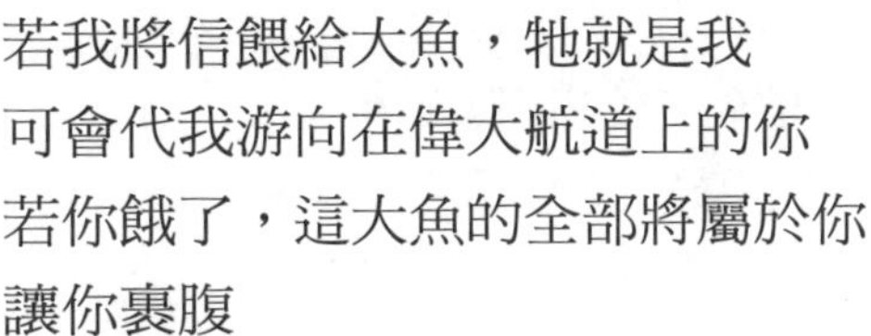

若我將信餵給大魚，牠就是我
可會代我游向在偉大航道上的你
若你餓了，這大魚的全部將屬於你
讓你裹腹

而我最後的夢是
一個我早已無法記得樣貌的人
從背包裏尋到一柄小刀
並將魚腸割開

在攤開的瞬間
他將讀到一個故事
或者僅剩下一段無可辨識的噪音
而一封長長的尺素早已糜爛

惟有信中鏽着的金線
遠遠地纏住地圖另一端
某個早已不知所蹤的人的腰間
仍然在勉強拉扯住
讓這地圖不要攤開到窮處
讓匕首
永遠不要出現。

十

所以我寫信給你，我們的明日
如果裏面已經失去我們
這些無限延續的日子
將會分岔出多少可能？
像失去主人的狗
還是失去狗的主人
無所牽繫，王孫自可留
或一滴也不留

如果失去的
只是我，或者只是你
如果失去的
不是明月和故鄉
而只是月光？

如果所謂城市
所謂的命運共同體
只是一場玩笑
一則跑調了的白色謊言？
如果所謂迷宮，所謂一生的追憶
不過是我們在街上不斷碰面而無所知覺
無所感動的
一座虛設的廢墟？

如果所謂明日
不過是一場人工智能模擬的實驗
所謂的相遇和感動
擁抱和分開
不過是虛構的數據
為了創造所謂的，真正的明天？

那麼我寧願永遠活在好夢裏
抱着無數被模擬出來的數據進睡
做夢，哭着醒轉，痛苦難伸
然後勉強地活過日復一日
在夢中與所有虛構的愛人相會
像牛郎想像織女
一年一度
像織女想像牛郎
一年一度
在那道橋上
一年就這麼一度

一度

十一

我終於要寫信給你了，
我裏面的我
早晨，你醒來了嗎？
我已經為你煮好咖啡
並想念着那些陳年的夢
你的一切：
如詩和遠方，你所珍愛的童年
和那些曾經存在於世的故事
如我們的城市
如一些一年只見面幾次
卻似是會永遠活下去的老人
或一些男生，一些女生
在平行的時間線上

那個在盪鞦韆時邂逅的人呢？
那時八歲
像那個一起砌拼圖的人呢？
那年她十歲而你也是
後來的事還重要嗎？
或者是，或者不
或者介乎兩者之間
像這城市的大夢
像一場永不完結的宴席
飲吧，求你不要醉掉
奉李白之名求你飲下去

你千萬不要早於我醉掉
千萬不要早於我
死在這乾燥的黎明
若你竟先消失於世上
那我又是甚麼啊
那我還能夠是甚麼
若你才是我

十二
我不斷做失去的夢
去提醒我的失去
所以我偷偷地寫信給你
然後光明正大地刪去

我的名字
你的生日日期
我今生的身分
你前世的出身

讓一切都回歸無有
復虛構出新的故事背景
甚至新的人格
新的愛惡
貪與嗔

恍若輪迴
我們忘記天地的重量
而只留一顆未滋長的痣
所謂時間不過是跳動的數字
我先長好我的肉身
等你來

上帝，這封信你做郵差
讓我寄向所有已逝者
在路上的
和未曾出現的人
終究是寄給誰
你知道地址
而我知道風景

上帝，你借我的心去痛
我還你一把灰
但灰燼的熱我散不掉
天使也好，魔鬼也罷
接不住的
就讓它們從指縫流下去
成為宇宙星塵

十三
我遲遲不寫信給你
我的不安和抑鬱
或者等到下輩子才寫吧
你會否等待
或者只有我在
戍守着地獄的後門

當一個人
以為他寫下的就是世界
他描畫的一切卻一點一滴在消失
言語仍有意義嗎？
當他在岩岸摘下一片海玻璃
這潮水就此退落
退到月亮消失的位置
退到一首詩的邊緣

那就罷了，這封信不過是
一次徒勞的旅程
是神曲裏被揚棄的章節
是奧之細道裏沒有人提起的段落
是水經注忽略的領域
是你不存在之地
那時空裏，我正在書寫
而你尚未誕生

而你尚未走近
像一首未編的曲子
像一封信
在「遲遲」和「不」之間擺盪着字符
那些猶豫未決的
標點和空白

而你尚未意識到我在
或者這第一課也是最後一課
那個時候我已不在

十四

我將蒙馬特的遺書寫成信
把最後的信修成箋
打上鋼印
然後燒向天空

在那邊是雨嗎？
寒冬十月未雪
歐洲有狐狸，一直向北
踩出記憶的泥路

這封信寫給我
無法完成的少年時代
若說是遺書
應趕在未融化之前
覆蓋星形廣場以冗贅的遺言
讓未亡者聽見
一把聲音仍在不斷訴說

所以最後的課我應該教你們
如何好好地寫一封信？
去埋葬記憶
等於去與半路上的死神和解
記得保持禮貌和誠意
不借助人工智能

我早已活過你的年歲
但是尚未閱讀你寫就的書
以後翻過的每一頁
我知道都不會有我們的名字
這已是陳舊的比喻了
因為不再有人讀書
若有

在我們走在蒙馬特的斜路上
分享一杯熱巧克力
其時，天尚未黑

十五
所以我寫信給你
一封接着一封地寫
已經沒有新的內容可以加進去了
關於夜晚
那條並肩走過的小路
關於河
我們迎風閱讀變幻的水紋
關於陌生的書
我們走上老舊的樓梯
在寂靜的房間裏看着透窗的光線
如何隱入塵埃
關於手
如何穿越二十年契闊
去觸碰活在另一座世界的孤魂

這些我都已經書寫過了
明明月色正好
但是月光不屬於我
明明雪國的路一再往復
卻無法記認雪上的指爪誰屬

值得一寫再寫的
只餘下無法儲存的氣味和聲音
或夜來風雨
吹散一整座古老的城市

值得一寫再寫的
是否還有一隻小店主人養的貓
三杯寒夜苦酒
和幾個久別重遇的故人
是否還有一場無法完成的會面
一張被雨沾濕的長椅
一座停轉的摩天輪

是否還有從不存在的承諾
從未履行但已經斷線的約定
當那雨後早晨的滿地碎葉
被過路的人一腳踢起
當晨曦剛好貼在
某個無話的人的側臉

到了最後，終必錯過
而下課鐘聲響起

五十年後埋骨之處的墓草
長得足夠高了吧？
足夠茂密，可以遮蓋半頁生平
半碼人間。

iGEM
2018
GIANT
JAMBOREE
Cenozoic: AGE of MaMMA
Look at me
TecTissue
LZU China
Jilin_China
#Existance is pain.
BGIC-Globe
Rotterdam also has software
PHACTORY

十六
夠了

再寫下去
我就要把信寫給山川和風月
這未免太無聊了
由始至終
這首詩只為人間而寫
只為你我而寫
但是我可以告訴誰？

我把詩寫了四分一世紀
有甚麼隱喻沒有用過
有甚麼有口難言
沒有被巧妙地曝光過
在巧言令色裏我是大師
在口蜜腹劍裏
我是令人聞風喪膽的存在
如今是誰讓我活成一個
字斟句酌而不得的齷齪小丑
頂着作家的虛銜
卻連一句人類的說話
都無法好好地說？

這封信，這最後的課時
我不如還給荒謬自身
因為連荒謬都長得比我有血有肉
更像一個活的
拼了命呼吸着的生命體
而我
大概早已徹底輸給圖靈測試
而不自知。

十七

我可以寫的主題快將窮盡
可以動用的意象也被愈框愈緊
只要是我寫的都被盯梢
我開始想像
引用一句將進酒，杯莫停
而被指控鼓吹不良嗜好的可能

既然寫不下去了
不如不寫？但是若就此擱筆
我便百無聊賴

所謂萬古愁
不過就是百無聊賴

我想書寫的一切
都是無法落筆成文的一切
例如你，把你寫成信
寫成書的段落
還是寫成教材的章節？
都不對
你是無法被記載的

你只能被遺留在
幾間冷雨夜的酒吧裏
疲憊旅人的房間裏
蜷曲着身體
遺留那個自己在華燈初上的山上
在一所沒有內進的地窖
在一間老書店
一座墳場
一顆小小的鎖頭
或我們曾並排而坐
在博物館的廊柱之間

而這樣的你，百無聊賴
正是萬古愁的本身
我是無法記載的

將進酒吧
寫不下來的
就與君歌一曲
曲終
誰先散
散盡了
讓留下來的那個閒人
好好收拾
最後一課

十八
當我不知道可以寫信給誰
或者寫一封怎樣的信的時候

有時，我只能回到記憶那裏去
有時那不是畫面、不是片段

而僅僅是一些氣味
一些耳邊的聲音

為了一種無法再聞到的氣味
一把無法再聽到的聲音

去寫一封信、一首長詩
或一篇小說、一本書都不過分

甚至是耗盡畢生精力
去為來生預備、為所有的輪迴預支

都不過分
這最後一封信，也是最初的一封信

前生的氣味和聲音都凝聚在此
如今有人診斷為抑鬱、或精神分裂

我眼中看見不存在於此生之物
聽見的聲音不存在於此世

那又如何？只是換個名字而已
反正我無法告訴你我已洞悉一切

而你仍然是你
玫瑰，此生誰在乎你的名字？

既然從前前前生已經注定
而我們的故事只是在生生不息中重述

好吧，隨便你怎樣定義
反正這已是此世的最後一課

誰又可以延緩下課的鐘聲
然而誰又憑甚麼去說這就是結局

誰又憑甚麼去說我們在無盡的生死以外
沒有以後？

十九
只是誰都不知道
何時會是最後一次

我在黑板寫下
一個又一個只給你的字
這個字已是最後了嗎
還是仍有下一個字

或者於你而言
這些字早就無關痛癢
對於我
那是耗盡我一生餘力去寫
去鑿刻

我寫過的詩不止數千
寫過的字數以百萬
卻重要不過這最後一字

然而那是甚麼字呢
此刻我很想知道

很想知道
讓我可以從今開始
永遠不寫不碰這一個字

如果是「信」
我從此絕筆

如果是「詩」
弦既絕
我今生今世

不再寫詩

24/24
GK-249-PL

二十
所以這封信我寫給你們
離我而去的讀者
所有人

所以當你告訴我「一切太遲」
說「我的詩已經不再有人要讀」
我是深深同意的

黎明早已在我不存在之地
以晨曦展開失去我以後的無限可能
或者不應該用「失去」一詞
可以改為「擺脫」

或者連提及都不必
那是明天、後天
或者是未來的甚麼日子？

所以已經沒有甚麼
比結束這些無謂的執念
更叫我着迷了

讓一封信完結於一個標點
或一句話的半途
讓一堂課結束於鐘聲
或隨時戛然而止

對不打算拆信的人來說
對期待下課以後的日子的人來說
有差別嗎？

既然沒有
那就好

二十一
我願以一切
去交換他的快樂

我願窮盡一生
去保護他們

我願以這樣的方式
告訴我愛大家

我願活着
亦願拒絕

我願以最後一筆寫詩
以最後一課啟蒙

囑咐可以輕鬆交代
願以愛而不是恨彼此道別

他會跨過我而無痛地活下去
會忘記曾有我經過他們

這樣很好
鈴聲最後一次響起，這樣很好

長途

一

從香港航向伊斯坦堡的飛機
是一趟迴避日光的旅途

我坐在機翼後面的靠窗位置
度過異常漫長的夜晚

藉着飛行地圖提供的資訊
我知道窗外城市的名字：
昆明、新德里、喀布爾

我知道它們看起來都差不多
都是發着黃光和白光的點
「看起來跟漫天的星宿一樣」

然而這樣說並不公道
畢竟光點匯聚的形態各有不同
燃燈的人們心懷的故事
那些無人得見的悲喜也各有參差

一千萬人裏
有沒有那麼一兩個故事
曾經被轉述、被記住
被轉化成一個旁人聽之流淚的傳說

機翼所向
我認得倒置的北斗七星
此刻它們攤展成如此巨大的圖騰
我甚至可以用手機拍下了它們的照片

它們的故事與地表上的那些相比
同樣古老、同樣神秘

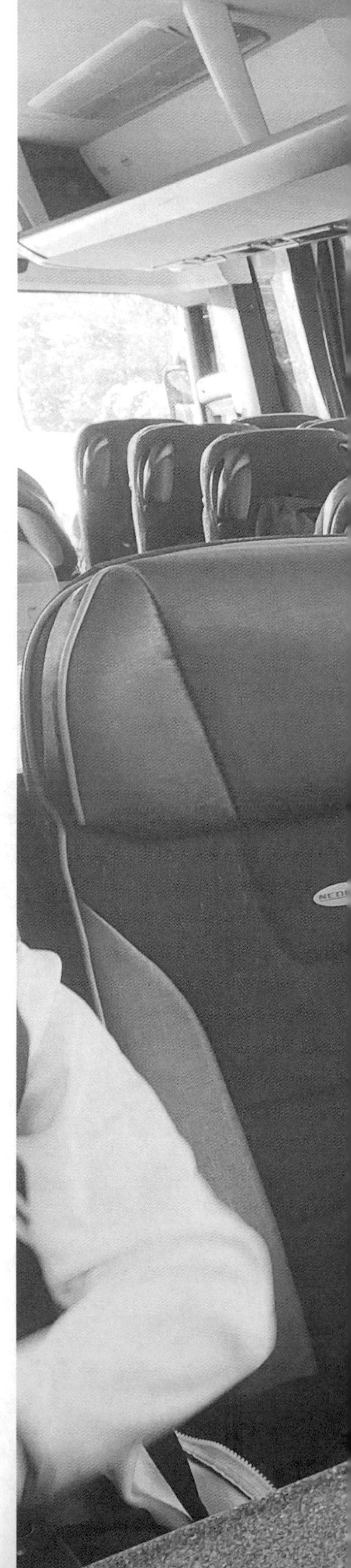

二

深埋自己在實驗室的那些年
我總是磨到午後才小心翼翼地回去
然後東拉西扯地幹着瞎活
收拾回家時已近午夜

外祖父離世以後
有次我在做動物細胞實驗
在漫長的守候過程中
忽然想寫一首長詩紀念他

想到他在新澤西而我們在香港
母親和我隔二十多年的時差
也曾經去過新澤西
去過外祖父離開香港後重新安頓好的家

此後我和母親都沒有回去過

去新澤西的飛機
向甚麼方向飛都可以
經安克列治或多倫多轉機的飛機向東
經歐洲或中東城市轉機的飛機向西
直航班機則會取道北極
反正在高空之上
北極的暴風雪連遠望都看不見

只是我們都沒有回去過
那片美國東岸的草地、日出、和春風

三
法蘭克巴耶斯來自多明尼加共和國
若非北島的邀請
他大概不會願意跨越大半個地球而來
在學校裏朗讀一首詩

那首詩寫他父親最後一次剪髮的故事
店裏一如往常播着雷鬼音樂
剃刀從向光的腮邊刮向暗影的另一邊是一趟長途
任何人曾幾何時都曾飛翔，最後着陸

我和巴耶斯迴避了當晚的讀詩會
與翻譯家朋友一起躲進附近的小酒館
酒過三巡，彼此都說了很多
不足為外人道的小故事

我們坐天星小輪越過維多利亞港
城市燈火通明，盛世至此
星宿的光芒被趕到宇宙的盡頭

十日後，巴耶斯告訴我他已回家
先坐四小時巴士往北京
飛到多哈，轉飛紐約甘迺迪
最後抵達聖多明哥
總共花費了四十小時

四

一部約有二百頁紙的詩集
若每一頁紙焚燒的時間是三分鐘
燒完這部詩集要花掉十小時
這樣的書在我的故事中有三本

但是我在把書頁投進火裏之後
立即就後悔了
因為紙墨焚身發出了惡臭
家裏被污煙燻蒸了一圈
到處沾染上一層看不見的致癌物質

不無諷刺地
最後解決的辦法是水

原來把書浸在水中
不消十分鐘
已可徒手把書撕掉

像從燉煮良久的湯鍋中
把肉從骨上扒開、拆解、剝離

直至餘下軟爛的紙漿
和堅硬如骨的書脊
即使已無一物依靠其支撐
仍形態固舊，不肯摧折

五
我曾經想把這些紙漿拿去漂白
然後造成一本無字書
或者印上我的詩作

畢竟是狂想
最後我只是輕易裝作看不見
別過臉去，又寫了下一本詩集

而這樣的故事毫不吸引
沒有多少人願意聆聽
（除了少數詩人
聽我用英語翻譯出來的這個故事入神）

因此我注定當不成小說家
我的故事沉悶和無聊
像一趟連星夜和大地都看不見的長途班機
而且毫不神秘

六
這樣的詩注定不感人
亦不發人深省，甚至無以為繼
下一步我應該寫甚麼呢？

當飛機終於降落
清晨的、現代的伊斯坦堡尚未日出
鄂圖曼和君士坦丁堡早已被留在過去

我一直想着還有甚麼可以寫
關於我的故事，還是挪用他者的
而不需要掛上太重的道德責任

譬如說，到訪學校的另一位作家
來自法國的伊馮勒芒說
他和母親走上最後的路去看海
那一段路算是長途嗎？

這樣的故事，我可以寫進詩裏嗎
關於兩位懂西班牙語的詩人
在國際詩歌節的旅途上惺惺相惜
當身邊的人只能以英語溝通
可以想像勒芒的寂寞

我自學了一點點法語
在中國會跟他碰面打一聲招呼
當他問我：「你懂法語嗎？」
而我只能回答「non」的時候
我實實在在地感受到他的寂寞
不至於失望，也不是沒所謂
但是我又有甚麼辦法呢？

語言和翻譯是漫漫長路
而且我們難以為自己的詩代言
同樣地，我們窮盡精力寫過的每一首詩
終究亦無法為我們代言

七
黑夜的城市
黑夜的公路蜿蜒
延伸向外，入山而消暗
燈火閃爍並堅忍着夜色的侵蝕
像極我多年前從顯微鏡中觀察的神經元
人類的智慧
與人類的寂寞

去年我在飛行的途上寫過長詩〈夜航〉
一年過去，除了死掉更多人以外
告訴我我們賺到了甚麼

寂寞？

八
說到長途
戴望舒那六小時的路
可能是人間最值得傳誦的故事之一
六小時是生死之路
是回憶之路
也是實實在在地
充滿了沙礫與石頭的人間之路
是走向海濤的路

那說到底就是香港之路
說不定
也正是你我的路

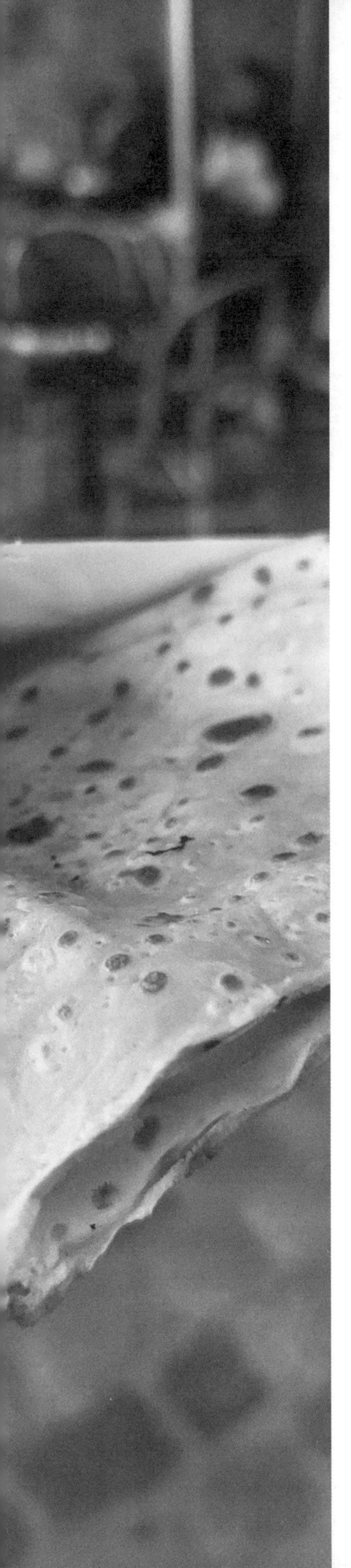

九
林夕為陳奕迅寫過一首歌
最著名的一句是
「長路漫漫是如何走過」

我在紐約求學那年
獨自穿越冬天黃昏布魯克林的住宅區時
掛頸的音樂播放器循環播放這首歌

我在斜陽和冷風中吸索鼻水
想起了香港的家

那時我離新澤西最近
離青春的寂寞也近

如今我離那巨大的北斗七星最近
一些家中長輩、詩人和老師們已在天堂
天堂只會在夜中顯現
因而此刻凝視着蒼茫的我
離他們的世界最近。

19-10-2024

坪洲行

作家向學生介紹坪洲風物
路過廟，香火，花燈
供品，神像，參拜的善信和遊客
學生談論昨夜的夢，迪士尼
萬里無雲和流言蜚語
前往大利島的橋
在太陽底下，我們真的在學習
攝影和寫作
還是學習一份安靜，一份無聊？
到底甚麼更加重要
橋上的人在釣着半生的魚
欄杆有喝完的啤酒，汽水和魚餌
攝影和寫作尚未出現
或早已完成
當陽光漸漸西移
我們穿過坪洲的窄巷，同步迎向
那些追悔莫及的
或義無反顧的過去與未來

17-2-2025

倖存者

1.
每年冬天就死去一次
如同蛻皮
倖存者是蛻下的皮
還是重新長出獸皮的人？

2.
畢竟有人死去了
有靈魂破碎了
你是應該哀悼的
你是應該緊抱回憶
等待死亡的

3.
無論等與不等
人終究是要消失的
先於其他人對你的最後記憶
或晚於

4.
風和日麗
我走進柏林的大屠殺紀念碑
在那些長方體大石頭之間
沒有人倖存

5.
那是將近十二年前
後來我過的日子
相對沒有那麼大的波瀾

是的，任其天翻地覆
任歲月痛不欲生
終不過那穿行碑石之間的寧謐

6.
十二年後
當往事的塵埃落定了
我終於略懂

倖存者的意思

7.
早前我做了一個夢
夢中有一座小國
小到只要我升到半空
就足以鳥瞰全境

然後整座國家都是墳頭
這國家就是一座墓園

有沒有倖存者？
我問當日值班的管理員
只聽見自己的回聲

8.
倖存者的意思
不是指從一個時間的斷點
遺留下來的人

9.
與羅馬尼亞詩人見面
我向她說
你正走向光明
而我向着你的來路奔往

安娜・布蘭迪亞娜微笑
回答我以真誠

六年過去
我忘記她說了甚麼
只記得那笑容
很溫柔

10.
倖存者的意思是
消失得很慢很慢的人
他們活着
而骨髓和靈魂
正在質變

11.
起碼在某些晚上
（如果不是所有的晚上）
我想像你躺臥在床上
均勻地呼吸
有時是自己一人，有時不是

這時候的你仍活着
就是所謂的倖存

12.
我想像你後來死去
在我死去的多少年以後？

我們餘生不見
來世烽火漫天，蝴蝶穿梭

兩個自戀的靈魂
要飛向哪一座墓園
找回自己？

13.
結繭以後
思想到記憶不復存在

當融掉的物質重組
從成蟲盤中分化新的肢體

擁有同一個名字的
還是同一個人嗎？

走過同一條街
哼唱着同一首歌的
還是同一個倖存的人嗎？

愛過與否認過的
被愛過與被傷害過的
還是你和我嗎？

14.
這些年
我與很多倖存者見過面

我記不住每一個人的名字
無法想像他們的苦劫

每當與他們的詩共鳴
都如冒名頂替

這提醒我
這些不是屬於我的痛苦

這些年後
除了書寫以外，別無辦法

15.
不是關於倖存
而是關於
如何在懸崖邊緣走下去

16.
而是關於
如何讓死去的人繼續呼吸
讓死心不息

當宙斯從大火中
救出戴奧尼索斯的心臟

17.
戴奧尼索斯這名字
意思正是”二次出生之人”

後來他在大地上流浪
瘋癲度日
並且教導農民們釀葡萄酒

18.
我認識在流亡中寫詩的人
我認識結束流亡以後寫詩的人

我認識尚未流亡而寫詩的人
我認識從未考慮流亡而寫詩的人

他們都在字裏行間行走
有時多話，更多時候不發一言

我跟他們見面
聊及的嚴肅話題包括

十月的大雨，火車站的方向
一些被遺忘的人，以及何地再會

19.
倖存
如同蛻皮

蛻皮的人用新學的語言
互道晚安

20.
從明天起
做一個倖存的人
無關幸福

陌生人
我也祝你死心不息

無關幸福

21.
我終於明白
所以今夜
我在學習不關心人類

我在我倖存的最後草原上
風和日麗

22.
誰不是倖存於世
誰保證執著自己的名字
在明日的晨光照臨時
沒有被剝去一層看不見的年月
和智慧

誰不是倖存者戴奧尼索斯
誰不是善妒的赫拉

23.
當納西瑟斯低頭
就注定了其葬身之所
（起碼鳥語花香）

我曾經在湖面上尋找自己
誰沒有試過這樣做？

為此耗盡全身的氣力
最終離去
成為了倖存的人

24.
如今我們只能一直書寫
美其名是為那些
已經無法開口說話的人

說到底
無法說話的人
明明就是我們自己

但是書寫了那又如何
讓人讀了那又如何
向世界疾呼：
倖存的人在此
用最龐大的沉默作證

那又如何

25.
秋天，墓園裏只有零星遊人
在尋找長眠者
我們在波德萊爾的墓雕前佇立

無法想像多少年以後
我是一把灰
還是散落天涯

到時候，不被任何人記住
未嘗不是一種幸福

26.
當蝴蝶飛過日影
牠將代我倖存

誰又能斷定
牠不會比我活得長命
足夠靈性
飛越萬里戰火
抵達你的窗前
祝君安好

27.
你垂垂老矣
當天風和日麗
你活在這世界上的甚麼地方
起床梳洗

像七十年前在巴黎的
某個清晨？

12-4-2025

過青衣北橋

1.
過橋，此岸是荃灣
彼岸是青衣
走到橋上的人不顧回頭
當汽車駛過
橋面隨着震顫
我愈走，離地就愈高

2.
在橋的左側是墳場
曾經呼風喚雨的人們
守衛名將
如今在此仍守着
烽火早已散退的藍巴勒海峽

3.
潮流轉，當年愛過的人
愛過的國
還有甚麼敵得過
風吹草動？
人間就是一幅危牆
任牆灰不斷剝落
我看着荃灣墳場如梯田
但種的是石頭

4.
石頭每年拔高
像一群快高長大的孩子
終將超越他們的父兄
當新築的高樓
向城市打下愈來愈深的樁
無數被逼倒生的樹
從噩夢裏將根鬚伸向天空

5.
我沿青衣橋走到海上
曾經炮火連天的海
一切風平浪靜都只能是虛偽
再人間靜好都讓人窒息

6.
唯有墓碑與島沉默相對
像人與青山的一盤棋
無關輸贏，也不求甚解
當日影漸長
鳴鳥是人間此際唯一的高音
終將滑向山後
在身旁走過年輕的母親
推車裏
嬰兒啼哭不絕

7.
過了橋
此岸是青衣
彼岸是荃灣
才顧得了回頭
看看有沒有放下了甚麼
有沒有甚麼
我不小心拖拉着
過了海

8.
譬如是人情
譬如
是道理
幾多愛恨跌進海裏
任浪濤吞食
幾多從夜海裏浮上來
悚目驚心

9.
想着想着
我把一盞珍重多時的煤氣燈
親手捻熄
像一手殺掉了
一個苟延殘喘的自己
又像放生了
或者其實害死了
某個應該帶着尊嚴
好好活下去的人

27-3-2025

新世界

我們正身處最美好的時代
但是未來一定會變得更加美好

我們比歷史上任何一刻都說出更多真話
但是未來一定要說得更多

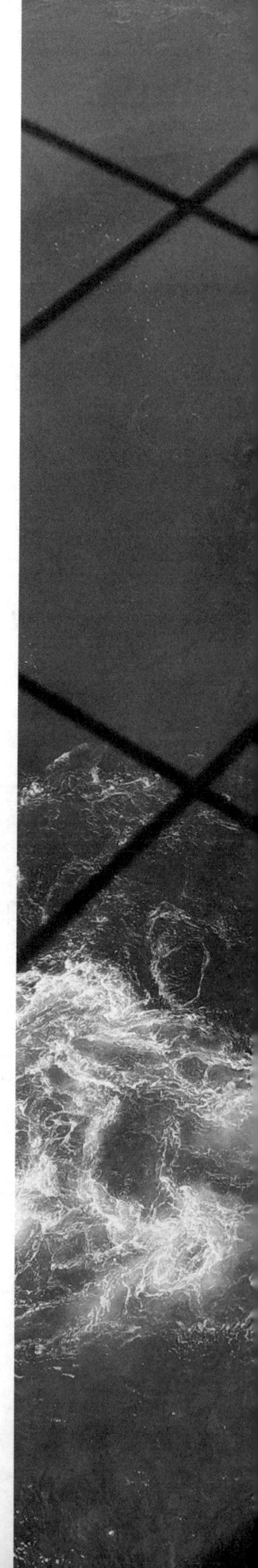

生態演替

作　者 / 阮文略
編　輯 / PORT編輯部
美術設計 / Rebecca@文創工作室
出　版 / PORT　ALPHA Company
協　作 / Incu-Lab　社區動力CDI　Culture & Creativity Links
聯絡電郵 / portjournalwriting@gmail.com

承　印 / 雅聯印刷有限公司
初版一刷 / 2025年7月
發　行 / 泛華發行代理有限公司
定　價 / 港幣98元
ISBN 9789881720177
版權所有，不得翻印，翻印必究

本書內容僅代表作者言論，不代表本機構立場